椿《つばき》色《いろ》のプリジオーネ

ミンク　原作
前薗はるか　著
Hide18　画

PARADIGM NOVELS 123

登場人物

西園寺《さいおんじ》顕嗣《あきつぐ》

ブルッフラ・コンツェルン会長・西園寺弓三郎の一人息子。弓三郎の死後、会社相続のためにアメリカから帰国した。

蓮見《はすみ》茜《あかね》　顕嗣の従妹にあたる幼なじみ。両親が事故死し、西園寺家で働くことになった。

梁瀬《やなせ》鞠《まり》　元気で無邪気な一面と、冷酷な顔を合わせ持つ、つかみどころのない少女。

速水《はやみ》小夜《さよ》　今は館で働くメイドだが、以前はコンツェルン傘下の会社の社長令嬢だった。

佐伯《さえき》昇《のぼる》　弓三郎が存命のころから、西園寺家に仕える執事。

三ノ宮《さんのみや》玲《れい》　顕嗣の日本での仕事ために雇われた、有能な秘書。

野際《のぎわ》琴美《ことみ》　弓三郎を慕っており、その死を深く悲しんでいる。

第二章 小夜

第三章 鞠

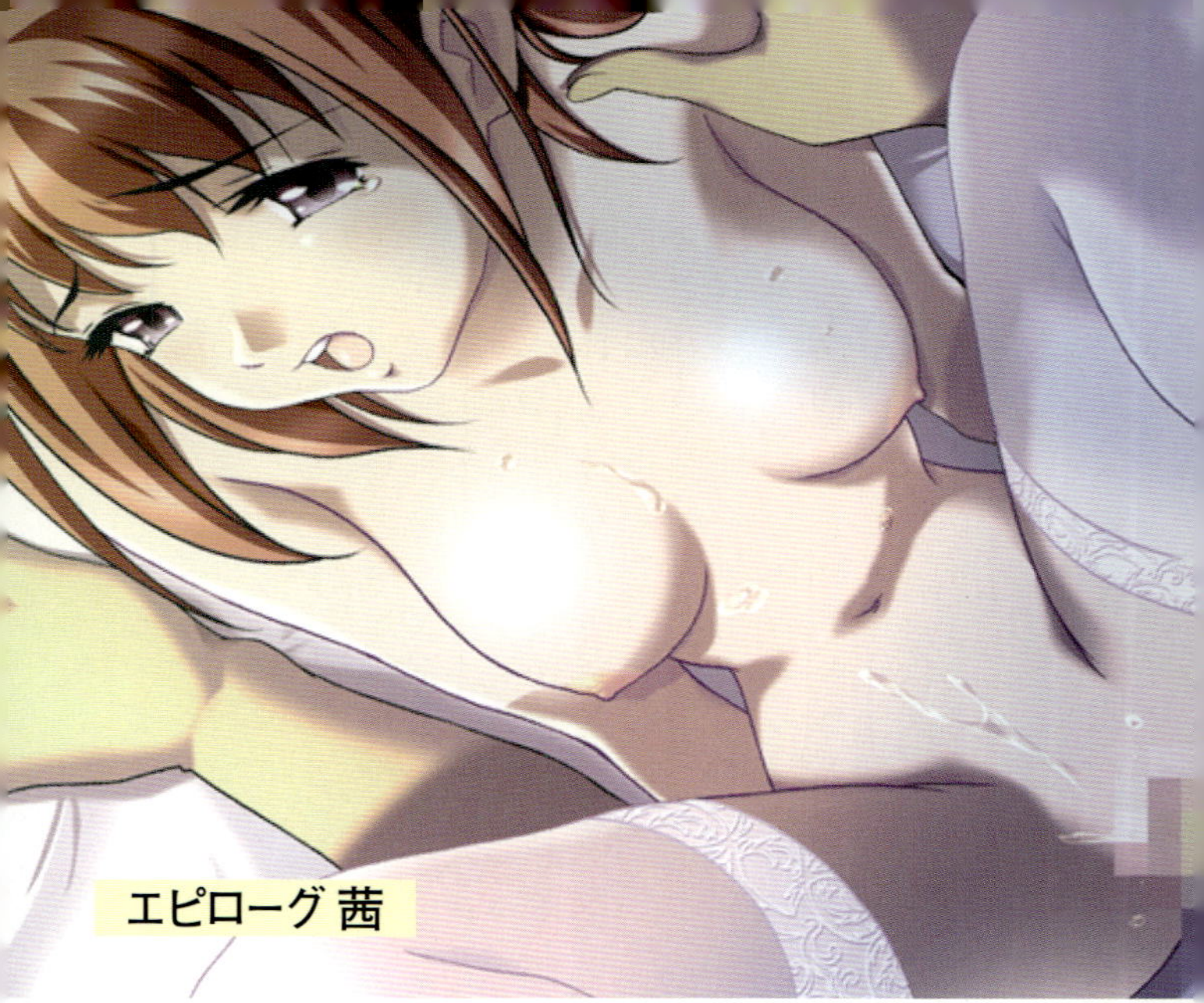

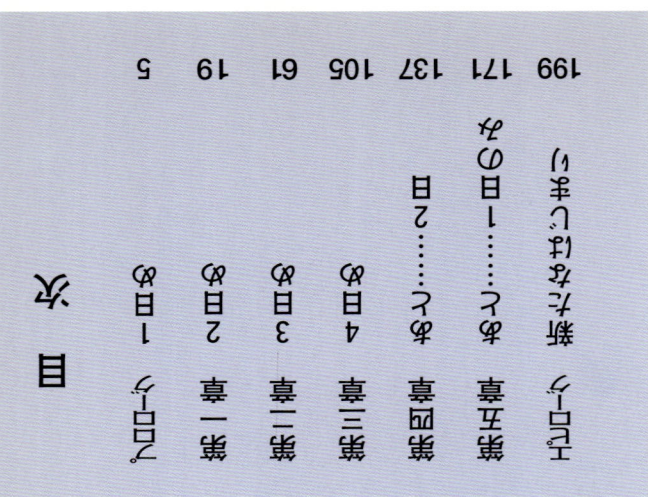

目次

プロローグ　1日め

なめらかに、車が減速し、そして停《と》まった。

サイドブレーキを引き、助手席の傘をつかんだ運転手が素早く運転席を降りる。後部座席へと回り込み、うやうやしくドアを開けると、開いた傘をさしかけた。

「お待たせいたしました」

「ご苦労」

短く頷《うなず》いて、顕嗣《あきつぐ》は車から降りた。主人が万一にも濡れることのないよう、細心の注意を払って運転手があらためて傘をさしかける。

その傘の下から、顕嗣は目の前の建物へと視線を向けた。

降りしきる雪はすでにうっすらと地面を白く覆っていたが、屋敷にもあわい白のヴェールをかけていた。

なんとも形容のしがたい、感慨に似たものに、顕嗣は秀麗な眉《まゆ》をわずかに寄せる。

五年ぶり、だ。

再び、この屋敷に戻ってくることになろうとは――。

決して呆《あき》れるほど巨大な建物というわけではない。

だが同時に、貧相なあばら屋でも、それは決してあり得なかった。

細部にまで神経を張り巡らせて設計され、いっさいの出費を惜しまず贅《ぜい》を凝らして作られた、一個の芸術品。

プロローグ　１日め

そしてそれは同時に——かつての獄舎でもあった。

視界のすみに、雪にまぎれて赤いものがちらほらと見える。屋敷を取り囲むように植えられた、無数の椿《つばき》だ。たしかに、時期的にちょうど今が満開だ。

まだ……咲いているのか。

そう考え、そしてちいさく、顕嗣は頭を振った。

感傷など——とうに捨てたはずだ。

正面に視線を戻す。

その時だった。

重厚な、背の高い扉が、軋《きし》みながら開きはじめた。まるで顕嗣の視線が向いたことを知っているかのように。

もちろん、扉が己《おの》れから開くはずもない。内側から、扉を開けた者がいるのだ。

「——……顕嗣様」

扉の向こう側から姿をあらわしたのは、一人の初老の男だった。

半ば以上銀色に変じた髪を乱れなく撫《な》でつけ、姿勢のいい長身にぴしりと三《み》つ揃《ぞろ》いを着こなした男は顕嗣の名を呼び、腰を折って丁重な会釈をした。

「お帰りなさいませ、お坊っちゃま」

「——……」

冷えた瞳《ひとみ》で、顕嗣は男を見返した。

「帰ってきたわけじゃない。だが——久しぶりだな、佐伯《さえき》」

「はい」

声をかけられて、佐伯は短く目礼して頷いた。

「長旅、お疲れさまでございました。どうぞ、お屋敷の中へ」

「ああ」

頷いて、顕嗣は足を踏み出した。遅れることなく、傘をさしかけたまま運転手が続く。

短い間でしかなかったが、顕嗣が屋敷を見やっていた間に、運転手の紺色のお仕着せにも帽子にも、うっすらと白く雪がつもりはじめていた。

佐伯が脇《わき》へ退いて、顕嗣のために扉をさらに大きく開く。

二度と足を踏み入れることはあるまいと思っていた生家の扉を——顕嗣はさしたる感慨もなく、再び、くぐった。


屋敷のたたずまいは、顕嗣が去った時とまったく変わっているように見えなかった。

調度品も、玄関ホールに飾られた額絵も。すべてなじみの深いものばかりだ。

「変わらないな、この家は」

「旦那《だんな》様のご指示がございまして——すべて、顕嗣様がご在宅でおられました当時のままに残してございます」

運転手がトランクから降ろしたスーツケースを受け取って玄関の扉を閉じた佐伯が、控え目な、しかし響きの豊かな声で答えた。

かすかに、顕嗣は唇を歪《ゆが》めた。

「残しておかずともいいものを」

「顕嗣様のお部屋にも、手を加えてはございません。何かご入り用のものがございましたらお申しつけくださいますよう。すぐに手配いたしまして、お届けいたします」

黙ったまま、顕嗣は頷いた。

佐伯は、顕嗣が物心ついたころにはすでに、西園寺《さいおんじ》家の執事としてこの屋敷の一切を取り仕切っていた。

「それにしても——ようございました」

「ん？」

佐伯の声に含まれていた安堵《あんど》の響きに、顕嗣は眉をしかめた。

「なんのことだ」

「顕嗣様が、こうしてお戻りになられたことでございます。ようやく——お屋敷にご主人がお帰りになられました」

「思い違いをするな」

ぴしゃりと、顕嗣は佐伯の声を遮った。

「俺は、家を継ぐためにここに来たわけじゃない」

「これは――異なことを申されますな」

顕嗣の冷たい視線を受けても、佐伯はいくらかもひるんだ様子は見せなかった。佐伯自身と顔を合わせるのはたしかに五年ぶりではあったが――顕嗣の、今回の一件に対する反応や態度は聞いているのだろう。

「顕嗣様がどうお考えかは存じませんが、顕嗣様はすでに、法的には西園寺家のご当主であられます」

「俺は知らん。勝手に決めるな」

「顕嗣様」

柔らかな微笑を含んだ声で、佐伯はたしなめるように呼ぶ。

「それが事実でございます」

眉を寄せて、顕嗣はじろりと佐伯を睨《にら》みつけた。佐伯は動じずに目礼を返す。

「――……いいだろう」

顕嗣は頷いた。

「それならそれで、俺もかまわん。だが、俺が西園寺家の当主で、ブルッフラ・コンツェルンの総帥だと言うなら、家もコンツェルンも、俺のものだな」

「さようでございます」

「なら、俺は一切を処分する」

「……と申されますと？」

「言葉のとおりだ。俺のものなら、俺がどう扱おうが俺の勝手だ。コンツェルンは解体する。親父《おやじ》の遺産も、すべて処分する。この屋敷も含めてだ」

それが――顕嗣が帰国した目的の一つだった。

顕嗣は、先日死去した父親――日本を代表する大財閥、ブルッフラ・コンツェルンの会長でもあった西園寺弓三郎《ゆみさぶろう》に対しては、肉親としての情を感じなくなって久しい。いや、むしろ今は憎悪しか持っていないと言ったほうが正しいだろう。

西園寺弓三郎は、――顕嗣の母親を殺した男だ。

この屋敷に押しこめ、外出も許さず、そのくせ多忙を口実に月に数度さえ帰宅することのなかった夫の冷酷な仕打ちに耐えかねて、顕嗣の母は死んだ。自ら、命を断ったのだ。当時まだ高校生だった顕嗣の目の前で。

母の死からしばらくの間に起こったことは、顕嗣はおぼろげにしか覚えていない。目の前で母に死なれた衝撃は限りなく大きなものだった。母もろともに父に見捨てられたも同然の環境で育った顕嗣にとって、母はたった一人だけの、慕わしい存在だったのだ。

半ば廃人のような状態から、かなりの時間をかけてようやく立ち直った顕嗣は、記憶障害を起こしていた。思考力を失って自失していた時期だけではなく、幼いころからの記憶にもあちこち欠落が生じていたのだ。

そしてその、記憶の欠け落ちた意識のすき間は、母を死へ追いやった父、西園寺弓三郎への憎悪で埋められていた。

自我を取り戻した顕嗣が最初にとった行動は、家を出ることだった。

アメリカへ留学し、学位を得て、そして現在は在学中に興した事業が着実な成功をおさめている。

ブルッフラ・コンツェルンも、西園寺家も、顕嗣にとっては愛着も執着の必要もない、捨て去った過去でしかない。

弓三郎は遺言で後継者に顕嗣を指名したという。だが弓三郎の『遺《のこ》した』ものなど、顕嗣は何一つとして受け取るつもりはなかった。だから葬儀にも出席しなかったし、帰国しようとも思いはしなかった。

だが、法律上の後継者である顕嗣のもとには、さまざまな連絡がもたらされる。そのほとんどを無視してはいたが、一つの報告が、顕嗣の注意を喚起した。

それはおそらく、あまたの連絡事項の中でももっとも取るに足らないものだったろう。

だが。

プロローグ　１日め

西園寺弓三郎名義の貸金庫をあける鍵《かぎ》が、どこにも見当たらない。

その報告書を目にした時、顕嗣の脳裏に忽然《こつぜん》と甦《よみがえ》った光景があった。

在りし日の母が、一本の鍵を大切そうに握りしめて、微笑《ほほえ》んでいる光景。

直接、母から言葉でそうと聞いたわけではない。だが、なぜか確信があった。母の握っていたその鍵こそが、発見されていない貸金庫の鍵なのだ、と。

母は、顕嗣の記憶している限り屋敷からは出なかった。まれに外出はしていただろうが顕嗣は家の外で母と顔を合わせたことはない。

だから、あの記憶は――あの屋敷で見た光景なのだ。

根拠はもう一つあった。弓三郎は遺言状の中で、顕嗣以外の人間が屋敷のものに手を触れることを禁じていたのだ。管財人が鍵を求めようとしても、屋敷内に隠されているものならば、見つけ出すことはできない。彼らは、顕嗣立ち会いのもとを除いては、屋敷に立ち入ることとさえ禁じられていた。

鍵があるとすれば、屋敷の中のどこかだ。

記憶の中の母はいつも、どこかふさいだ様子で、顕嗣に向ける微笑にはどこか無理をしたようなものをひそませていた。

たった一度だけ目にした、その母の幸福そうな笑み。それを浮かべさせたのは、あの鍵なのだ。あの鍵で開くことのできる貸金庫におさめられているものが、母にあの微笑を浮かべさせた。

　それが何なのかを、彼は知りたかった。

　見つけ出すことができるのは、顕嗣のほかにはいない。鍵の捜索を余人に任せる気にもなれず、顕嗣は一度日本へ戻ろうと決めた。そして、日本へ戻るなら同時に、西園寺家の資産をすべて処分してしまおうと考えたのだ。

　顕嗣に西園寺という家を継ぐ意志は、いっさいない。ほかに兄弟がいてそれが望むのなら財産などすべてくれてやってもかまわないが、あいにくと顕嗣は一人息子だった。

　使うもののない財産など、残しておく理由はない。

「異存はないだろうな」

　じろりと佐伯をねめつける。

　短い間、顕嗣を見つめていた佐伯はちいさく一礼した。

「それが顕嗣様のご意志なのでございましたら」

「俺の意志だ」

「かしこまりました――」

　即答した顕嗣に、佐伯は今度は深々と頭を下げた。そして、ちらりと、どこか鋭さを秘めた視線が主人を見やる。

「では、その日が参りますまでは、顕嗣様は西園寺家のご当主であり、このお屋敷のご主人さまでございます。どうぞご自覚を持たれて、そのようにお振るまいください」

「――……ち」

執事の老猾《ろうかい》な搦《から》め手に、顕嗣は短い舌打ちをもらした。

だが、確かに『当主』であることを楯《たて》にとったのは顕嗣のほうだ。しばらくは、くだらない茶番だがつき合ってやるほかはあるまい。

「いいだろう」

「ありがとう存じます」

頷いた顕嗣に、佐伯はいっそう慇懃《いんぎん》に頭を下げる。

「では、どうぞこちらへ。現在のお屋敷の使用人がご挨拶《あいさつ》を申し上げたいとお待ち申し上げております」

促され、頷いて佐伯が開いた居間へと足を踏み入れた顕嗣は、愕然《がくぜん》とした思いでその場に立ち尽くした。

「お帰りなさいませ――顕嗣さま」

そこに居並んでいたのは、四人の、若いメイドたちだった。

全員が揃いのメイド服に身を包んでいるだけに、それぞれが異なった個性を持っていることがひと目で解《わか》る、美しい少女たち――。

「佐伯――……」

知らず、顗嗣は唸《うな》るような声で執事を呼んでいた。

「なんだ――これは」

「ただいま申し上げましたとおり、当家の使用人でございます。お屋敷の管理と亡くなられました旦那様のお世話をいたしておりました」

平然と、佐伯は答えを返してきた。

「向かいまして左から野際琴美《のぎわことみ》、柳瀬鞠《やなせまり》、速水小夜《はやみさよ》、そして蓮見茜《はすみあかね》でございます」

紹介する佐伯の声に合わせて、少女たちが一人ひとり、あるいは微妙に顗嗣の視線を避けるように目を伏せ、あるいはにこりと顗嗣に笑いかけて、頭を下げる。

だが顗嗣はまだ驚愕《きょうがく》の中にいた。

四人もの――しかもひどく若い少女のメイドを。

自分の妻が自らの命を断ち切った屋敷に。

「――……待て」

違和感は、数瞬遅れてやってきた。

「今、なんと言った」

「は?」

「速水?　…………蓮見、茜?」

「さようでございます」

大きく目を見開いて、顕嗣はその二人の少女を見た。

蓮見茜はいくらか目を伏せて、ごくちいさく、会釈をした。

そして、速水小夜は――。

「お久しぶりですわね、……顕嗣さま」

手入れの行き届いた長い髪をさらりとさばいて、そう微笑んだ。

第一章　2日め

何かの物音が聞こえたように思って、目が覚めた。

五年ぶりに眠った自室のベッドだ。広い部屋の空気はしんと静まり返っている。

音が——聞こえたようだったが、気のせいだろうか。

そう思った時、また、とさり、と音がした。何かが落ちるような音だ。

音の正体に思い当たって、顕嗣はゆっくりと起き上がった。ベッドを降りてガウンを羽織り、窓辺へ寄ってカーテンをあける。

白——。

一面の雪景色が、窓の外には広がっていた。

いや。

真っ白な雪の合間に、ぽつぽつと緋色《ひいろ》が見える。庭に、無数と言えるほどに繁る椿《つばき》の花だ。

濃い緑色であるはずの葉の色は見えなかった。ただ鮮やかな緋の花びらだけが、白い色の中に散っている。

とさ、と、また——。

どこかの枝から、雪の落ちた音がした。

第一章　2日め

雪は昨夜からやまず降り続いているようだった。うす暗く閉ざされた空から、なにか無言の脅迫であるかのように、音もなく、雪片が降り注ぎ、そして降り積もってゆく。

ため息をもらして、顕嗣はカーテンを閉めた。

雪は――嫌いだ。

そして椿も。


窓に背を向けて、顕嗣は部屋を横切っていく。マントルピースの前に据えられたアームチェアに、身を沈めた。

暖炉に火は入ってはいなかったが、全館にめぐらされた暖房設備が部屋の温度を適温に保っている。寒さは感じなかった。

アームチェアの背に身を委《ゆだ》ねて、顕嗣は天井を仰ぐ。

前日――五年ぶりの、望みはしなかった帰宅をはたした顕嗣の前に居並んでいた四人の少女たち。

母が存命であったころ、母と顕嗣を、半ば押し込めるようにしてこの屋敷に住まわせていたころには、使用人は佐伯と、そして同じほどか、もっと年をとった料理番と家政婦だけが雇われていた。彼らは敬意と言う名の壁を彼らとの間に厚く築いて主人母子には近づかず、佐伯一人だけが母と彼との話し相手であり遊び相手として控えていた。

当時に比べて、なんという変化だろうか。

調度の類《たぐい》に変化はなくとも――すでに屋敷は見知らぬ場所と化していた。

四人もの、まだ年若い少女がメイドとして仕える、屋敷。

母が存命だったころには月に数度さえ帰宅しなかった西園寺弓三郎は妻の死後、逆に屋敷からほとんど出なくなったと、顕嗣はそうもれ聞いていた。

あの男にもわずかばかりは妻の死を悼む人間らしい感情があったのか、と――顕嗣はそう思い、そして気づくのが遅すぎた父に侮蔑《ぶべつ》を感じてその情報を聞き流しにしていたが。

そうではなかったのだ。

母の死後、父は若い娘ばかりを幾人も雇い入れ、そしてこの屋敷に、まるで妾《めかけ》を囲うように住まわせ、身の回りの世話をさせていた。

だからこそ――家を出なかったのだ。

それればかりか――。


メイドのお仕着せを身にまとって、顕嗣を迎えた少女たちのうち二人に、顕嗣は見覚えがあった。

速水小夜は、ブルッフラ・コンツェルン傘下にあった企業の、社長令嬢だった少女だ。

当時と変わらない――いや、花開く年齢の少女らしく、生まれ持った美貌《びぼう》にいっそう磨きがかかり、なめらかな肌もつややかな髪も匂《にお》うばかりにみずみずしく、かつて幾度か命じられて出席したパーティーなどで顔を合わせた折りもそうであった気品のある微笑。

人にかしずかれ、命令をくだす立場として生まれた者だけの持つ凛《りん》とした品位をそなえた少女が――使用人の姿で顕嗣に頭を下げる。

それは、ひどく違和感を覚える光景だった。

そして、もう一人……――蓮見茜。

茜は、顕嗣よりいくつか年は下だったが、兄妹同然に育った幼なじみであった。

二人の境遇にいったいどういう変化があったのか、顕嗣は知らない。おそらく佐伯に説明を命じればすぐにわかることではあるだろう。

何かしらの事情があることはわかる。

小夜が西園寺家の使用人に身を落としていたことは、まだ――納得がいかないこともない。

だが茜は。

そもそも茜が西園寺家の使用人の娘で、身分の違いを越えて顕嗣と兄妹同然に育ったというのであれば、成長した茜が使用人として屋敷に仕えていても驚くにはあたらない。

だが茜の母は、顕嗣の母の妹なのだ。顕嗣にとって従妹《いとこ》である少女は、父からすれば義妹の娘に、姪《めい》にあたる娘だ。

たとえ茜の実家にどんな事情があったとしても、自分の姪を使用人として扱うなど——常軌を逸したふるまいだ。茜を引き取り、社会に出るまで援助してやるのが、金銭に余裕のある親戚《しんせき》のしてやるべきことだろう。たしかに茜との間に直接の血のつながりはないかもしれないが、それまで顔も見たことのない遠縁の娘ではない。自分の息子と兄妹のように育った、姪なのだ。

いや——。

皮肉な笑みが、顕嗣の唇の端をあげさせた。

あの男であれば、それも納得のいかないことではない。

己《おの》れの妻を徹底的にないがしろにすることで飼い殺しにし、あげく死に追いやって、その妻が生命を断った屋敷に自分の娘であったとしてもおかしくない年齢の娘たちを幾人もはべらせるような男なのだ。自身の妹の娘であったとしても、あるいはあの男ならこうして使用人として扱うことにしただろう。

それが、西園寺弓三郎という男なのだ。

あの男がどれほどの人非人なのかを端的にあらわしているのだ、この状況は。

昏《くら》い笑いが、肩を震えさせた。

くつくつと喉《のど》を鳴らしていると、折り目正しいノックの音が聞こえた。

「顕嗣様。佐伯でございます」

「ああ。入れ」

佐伯の声に顕嗣は笑いをおさめて、顔をあげた。許可を与えると扉がうやうやしく開けられ、すでに衣服も完全に整えた佐伯が丁重に一礼する。

「おはようございます、顕嗣様」

「ああ」

「もうお目覚めでございましたか」

「まあな。――何か用か」

「いえ。朝のご挨拶《あいさつ》に参りました。……間もなくご朝食のお時間でございます。お支度をなされましたら、食堂へおいでいただけますよう」

「わかった。さがれ」

「お着替えのお手伝いは」

「いらん。そのくらいのことは自分でできる」

「失礼いたしました――」

頷《うなず》いた顕嗣に深々と頭を下げて、佐伯は辞去していった。顕嗣はアームチェアから立ち上がって、ガウンを脱ぎかけ、そして手をとめた。

着替えの介添えなど――いや、確かに、幼いころは佐伯が服を着替えさせてはくれた。しかし顕嗣はすでに成人している。ボタンをかけてもらわなければ服を着られないような幼児ではない。

だが。

佐伯にもそれはわかっているだろう。佐伯がそう申し出たのは、顕嗣が今は西園寺の当主だからだ。

つまり――顕嗣の父親はそうして、佐伯になのかメイドたちになのか、服の着替えまでやらせていたということだ。

父親の墓に詣《もう》でるつもりなど毛頭ありはしなかったが、たった今、目の前に父親の墓碑があれば、顕嗣はそれに唾《つば》を吐きかけていただろう。

まったく――なんという男なのだ。

ひとつ頭を振っていまいましさを追い払い、顕嗣はクロゼットをあけて着替えを取り出した。

朝食をすませて、一度、顕嗣は自室へ戻った。

奇妙な朝食だった。

朝食のテーブルについたのは――顕嗣一人だけではなかったのだ。

使用人であるはずの四人のメイドたち全員が、顕嗣とともに同じ食卓を囲んだ。

(旦那《だんな》様のご生前は、これが習慣でございました)

この娘たちも同じ食卓につくのかと眉《まゆ》を寄せて訊《たず》ねた顕嗣に、佐伯は一礼してそう答えた。

その声には、それが西園寺の当主として当然のふるまいなのだ、とでも言いたげな響きがこめられていて、顕嗣は釈然としない気分のまま頷き、そして佐伯の給仕で四人のメイドたちと食事をした。

いったい、父親は何を考えていたのか――。理解できなかった。

使用人を同じ食卓につかせるなど。主人たる者のとるべき行動ではない。

かつて――そう言って、佐伯も食卓につかせようと提案した顕嗣を険しく叱《しか》りつけたのは、当の弓三郎だった。

(――……よせ)

顕嗣は頭を振った。

あんな男が何を考えていたのかなど、顕嗣には関係のないことだ。

大きく息をついて、顕嗣は部屋を出た。

顕嗣は例の鍵《かぎ》を探すために、ここへ来たのだ。

父親のことなど、彼には関係はない。

廊下に出て、だがそこで顕嗣は足をとめた。

決して広大ではないとは言え、この屋敷も狭いわけではない。居間や食堂といった部屋は言うに及ばず、弓三郎の居室も生前のままのこされているし、メイドたちや佐伯の私室もある。さらに言うならば、地下室も屋根裏部屋も、この屋敷には存在している。

ひと部屋ずつをしらみつぶしに探していくにしても、どこから手をつけるべきか、それを迷ったのだ。

鍵を持っていたのは、母だった。だがその母はもう亡く、彼女が生前使っていた部屋や家具などはすべて整理されてしまっている。

となれば——弓三郎が所持していたと考えるのが妥当だろう。あるいは彼からメイドたちの誰かに渡されているかもしれないが。

やはり、まず探すべきなのは弓三郎の私室だろう。何かを保管しておくなら、そこが最もふさわしい。

弓三郎が自室に使っていた部屋の扉をあけ、顕嗣はかるく首を傾げた。

琴美が、どうやら父が使っていたらしい書き物机の前で深くうなだれていたのだ。

ひどく意気阻喪《そそう》したような、悲しげな表情。

何を――それほど憂《うれ》えているのか。

「……あ」

ちいさな声がした。顕嗣の姿に気づいた琴美のもらした声だ。

「何をしているんだ？」

「お掃除、を……」

どこかおどおどした声が、ほとんど聞こえないような大きさで答える。

「お花を、とりかえに」

「花？」

眉を寄せて、顕嗣は室内を見回した。

屋敷のあちこちには、大小の花瓶に、それぞれその大きさに合わせて、あるいは枝のまま、あるいは一輪だけ、花が飾られている。この部屋にも、それはあった。

――……花瓶に飾られた、椿が。

そう、屋敷のいたるところに飾られているのは、すべて、椿なのだった。

「椿を活《い》けているのはおまえか」

「は、い……」

消え入りそうな声で、琴美は頷いた。うつむいたまま、顔を上げようとはしない。いっそう、顕嗣は眉を寄せる。

「捨てろ」

「え――……！」

はじめて、琴美が顔をあげた。

「捨てる、って――」

「その花だ。目障りでかなわん」

あごをしゃくって、顕嗣は椿を活けた花瓶をさした。

椿は――もっとも嫌いな花だった。いつもこの屋敷に咲いていた花だからだ。

屋敷は椿の木に囲まれている。この上屋敷の中でまで大量の椿は見たくない。

「俺は椿は嫌いだ」

「で……でも………」

再びうつむいてしまった琴美は、今にも泣き出しそうに声を震わせていた。

「椿、は……旦那さまが」

「親父《おやじ》？　親父がなんだというんだ」

「旦那さま、が……何よりお好きだと…………おっしゃって。だからわたし……」

琴美は声を詰まらせて、そして顔をそむけて口元を手で覆った。

（なんだ……――？）

不可解なものを見せられているような気がした。

なぜ、琴美は……涙ぐんでいるのだ？

「あ、あの……そんなふうに、おっしゃらないでください――……椿を捨てるなんて、そんなこと……旦那さまが、愛しておられた……花、なんです……」

すすり泣きが聞こえた。

顕嗣は、言葉を発することができなかった。

なぜ――この娘は、そんなことで泣くのだ。

まさか、あの男を――あの西園寺弓三郎を慕って、いたとでも言うのか。

そんなことが――あるのか。

あってたまるか。

動揺を隠して、顕嗣は顔をそむけた。

「なら好きにしろ」

「…………あ」

細い声が聞こえたが、顕嗣はそれを無視して後ろ手に扉を閉めた。

父の居室に通じる扉に背を向け、書斎へと向かう。

そして。

「あら――……ようやくお出ましね」

書斎に入った顕嗣を、一人の女が出迎えた。

短い間、顕嗣は自分の見ているものが信じられずに立ち尽くしていた。

若い女だった。機能的なスーツに身を包み、手入れの行き届いた長い髪を背に垂らしている。物怖《ものお》じすることなく顕嗣を見つめる視線には、理知的な光があった。

「きみは――……誰だ？」

しばしの沈黙ののち、顕嗣はいささか間の抜けた問いを発した。

だが、そうと言う以外、選ぶべき言葉がなかったのも、同時に事実ではあった。

「ああ――ごめんなさい」

すずやかな笑みを浮かべて顕嗣を見ていた女はいくらか目を見開くようにして、そして姿勢を正した。礼儀正しい、しかし慇懃《いんぎん》すぎない角度に、丁寧に頭を下げる。

「おはようございます、顕嗣様。私は三ノ宮《さんのみや》玲《れい》。顕嗣様の滞在中、あなたの個人秘書として雇われたの」

「……個人秘書？　俺の？」

「ええ、そうよ」

顔をあげて、三ノ宮玲と名乗った女は鮮やかに笑んだ。対して顕嗣はかるく眉を寄せる。

「そんな話は聞いていないが」

「あら――そう？　でも、私はそういう依頼を受けているわ」

玲が首を傾げると長い髪がさらりと揺れた。そして首を傾げたまま、顕嗣を探るように見やった。

「まあ、でも――顕嗣様が個人秘書はご不要だとおっしゃるなら、帰りますけど？」

そう言った玲の口元にはあわい、不敵にさえ見える笑みが浮かんでいた。

かなり頭のいい女だ、と顕嗣にはわかった。自信と自負と、そして能力をすべて持ち合わせている人物でなければ、こうした態度はとれない。

うすく、顕嗣も笑った。

「話は聞いていないが、用がないとは言っていない」

「でしたらなんでもおっしゃって。私はあなたの個人秘書ですから――どんなご命令にも従いますわよ？」

「いいだろう」

即座にそう返してきた女の返答は、顕嗣をじゅうぶんに満足させるものだった。

有能な人間は、当然のことではあるが、役に立つ。

「ではきみに仕事を頼もう」

「なんなりと」

微笑《ほほえ》んだ玲に、顕嗣は頷きかけた。

「俺は今回の滞在中に、処分できる限りの西園寺の財産を処分するつもりでいる。同時にコンツェルンも解体したいが、これはそう簡単にできることでもないだろう。後回しでかまわない。とりあえず、俺が父親から受け継いだとされる資産の詳細な目録と、処分方法の計画書を作ってもらいたい。この屋敷も含めて、だ」

「わかりました」

顕嗣はあっさりと言い、そして玲もあっさりと頷いた。だが、顕嗣が個人的に受け継いだはずの資産は、決して簡単に目録のつくれるようなものではない。顕嗣はそれを承知の上で玲に投げかけたのだが、玲のほうも、どうやら命令が意味するものを明確に把握してはいるようだった。そして、顕嗣が彼女を試しているのだということも。

「顕嗣様の方針をうかがっておこうかしら。すべてをお金に換えたいとお思い？　それともそうではないのかしら？　それによって処分の仕方も変わってきますけれど？」

「何も残すつもりはない。処分というのはそういう意味だ」

「わかったわ」

笑みを浮かべたまま、玲は頷いた。

「では美術品の類はすべてしかるべき場所へ分散して寄贈。そのほかの資産については、それぞれ処分方法を考えるわ。株式などの有価証券はすこしやっかいでしょうけど——まあいいわ、なんとかします。売却益などが出た場合は文化団体や慈善団体に寄付、という方針でいいかしら？」

「任せた」

顕嗣は頷いた。

やはり、この女は頭がいい。これなら、任せておけばいいだろう。

「それからもう一つ」

「はい？」

つけ加えると、玲はまたかるく首を傾げた。

「何かしら」

「鍵を探している。真鍮《しんちゅう》の——古めかしい錠前の鍵だ。どこかで発見するようなことがあったら、回収して報告してくれ」

「承知しました」

小気味よい反応速度で玲は笑み、そして頷いた。

「じゃあ、まずは資料の整理がてら、この書斎にその鍵が隠されていないか探すところからはじめるわ。……私は基本的にここで仕事をしているから、ご用がある時はいつでも声をかけてちょうだい。ああ——時間がきたら、帰らせてもらいますから」

「わかった。あとは頼んだ」

玲はなんでもないことのように言ったが、書斎の壁面は窓のある一方を除いてすべて書棚で埋められている。書籍だけでなく、書類や書きつけの類も相当に多い。これを整理し、分類しながら探し物をするのは相当な労力を要するだろう。

だが玲はやると言った。

初対面の女だったたが、顕嗣も人を使う立場として生まれ、そして育ってきている。有能な人物とそうではないもの、相手の言葉が虚勢なのか己れの能力を踏まえた上で可能と判断したことがらを伝えているのか、その程度の見分けはつく。だからこそ彼はアメリカで事業を興し、成功することができているのだ。

この部屋の捜索と資産整理に関しては、玲に任せておけばいい。そう判断して、顕嗣は書斎を出た。


いざ、たった一本の鍵を探すとなると、屋敷はひどく広かった。そうしたものが隠されていそうな屋根裏部屋を皮切りに顕嗣は本格的な捜索をはじめたが――昼食をはさんでほぼ半日を費やしてようやく、屋根裏部屋にはどうやら鍵はなさそうだということがわかったにすぎなかった。

屋根裏部屋といっても掃除はきちんと行き届いていて、埃《ほこり》まみれになるようなことはなかったが、さすがに疲れた。陽が傾きかけていたこともあり、顕嗣は今日の探索は切り上げようと立ち上がり、屋根裏部屋をあとにした。

「ぅ……っ——……あ、……」

屋根裏部屋へ通じる階段を二階へと降りていく途中、押し殺した、かすかな声が聞こえて、顕嗣は眉を寄せた。

階段は屋敷の一画、メイドたちの私室が並ぶ中にある。どうやら今の声は、娘たちの部屋のどれかから聞こえてきたらしかった。

「あ、ぅんっ……！　あ、い、いや………」

また——その声が聞こえた。

切れ切れの、……潤んだ声だ。

眉を寄せたまま、顕嗣は足音をたてないようごく静かに、階段を降りていった。


「ぁ、あ——……い、いや、やめ………ぅんっ！」

懸命に押し殺した声。

それはやはり、メイドたちの部屋の一つからもれてきていた声だった。奥まった部屋の扉が、なにかの不注意なのだろう、細くあいている。

細くかすれた声は、明らかに娘のそれではあったが、まだ顕嗣にはメイドたちの声の聞き分けはつかない。まして明らかに情欲を押し殺しているような、上ずった声では。

いったい、どの娘が——誰とそのような行為をしているのか。

静かに扉に忍び寄り、すき間から室内をのぞきこんで、顕嗣はその光景に思わず目を大きく見開き、息をんでいた。


「は、ぁ……っ、あふっ…………お、おねが、……だ、め……——」

きつく眉根を寄せ、何かの責め苦に耐えているかのように顔をしかめて身をよじっていたのは、野際琴美であった。あろうことか大きく両脚を広げて局部をさらし、胸元も淫《みだ》らにはだけさせて荒い呼吸に乳房を弾《はず》ませていたのだ。

それればかりではなかった。

「あれぇー？　イヤなのぉ？　ほんとにー？」

くすくす、とどこか意地の悪い笑い声をもらしたのは——梁瀬鞠であった。

「ねーえーー、琴美ちゃんってば。イヤなんだったら、なんで琴美ちゃんのココ、ぐっちょぐちょになってるのぉー？」

舌足らずな、まるで幼女のような、しかし辛辣《しんらつ》な口調で鞠はそう言う。

「ひぁ……っ！」

びくん、と大きく全身を震わせて、琴美はのけぞった。背後から琴美を抱いていた鞠が手をのばして、琴美の乳房をぐいとつかんだのだ。

「ねえってばあー。どーしてぇ？　琴美ちゃぁん。下のおクチ、だらだらヨダレ垂らしてるじゃなあい。イヤなのぉー？　ねえーー」

「ぁひ、っ……！　あっあっ……い、いや、だめぇぇ………」

鞠がくつくつ笑うと、琴美は細い泣き声をもらして、身をよじった。

その時ようやく、顗嗣は鞠がもう一方の手を琴美の秘部のあたりにさまよわせていることに気づいた。

何かをつまむようにした指先。

その指の間には、ピンク色をした卵形の物体がはさまれていた。

「ぁっ、……あぁっ、い、いやぁ――……」

鞠が指につまんだもので秘肉をなぞるようにすると、琴美はぴくぴくと全身を震わせて泣き声をもらす。広げさせられた腿《もも》に力がこもったのがわかった。

「お、お願い……鞠、さん………許し、ふぁっ！」

「素直ぢゃないなぁ」

うす笑いを顔に貼《は》りつけたまま、鞠は言葉で琴美をなぶる。

「悦《よろこ》んでるぢゃん、琴美ちゃんのコ・コ。ひくひくしてるよぉ？　――あはは っ、もっとほしいんでしょぉー、ほんとは。腰浮いてるよぉん」

「ぅ、っ……ひっく――……ぅ、あ――……」

鞠の言うとおりだった。顔をしかめ、懸命に逃げようともがいてみせてはいたが、琴美の腰は浮き上がり、そしてまるでいっそうの刺激をねだるように揺れていた。鞠に握りしめられた乳房の頂上のぽつりとした肉粒も、真っ赤に充血して屹立《きつりつ》している。

「ほしいんでしょぉー？　ねえ、はっきり言ってごらんよぉ」

「あ、だ……だめ、あ——……ふあぁっ！」

「あーーーあ。琴美ちゃんが突き出すから、入っちゃったぁー」

「ひぐっ……！　ぁ、あ、あ、あ——……だ、だめ、あ、わたし、だ、だめ……っ！」

がくん、と大きく、琴美の体がそり返った。鞠がローターを琴美の膣内《ちつない》に残したまま、指を引き抜く。琴美の股間《こかん》から垂れるコードの反対側についたスイッチをとりあげて、つまみをくいと動かした。

「ぁひぃ……っ！　あっ、ああっ、い、いやぁ……」

もはや声を殺そうとする余裕もないのか、琴美は悲痛な声を長くもらす。

「何がいやなのよぉ。こぉんなにぐしょぐしょじゃなぁい」

「ぁ、あぁ……ぅんんっ！　わ、わた、し………あ、だ、め……も、う——……っ」

琴美の腰が、くねる。

拒絶しようとしているのではなく、明らかに、快楽をむさぼろうとする動きだった。

「ぁふっ……あ、あぅんっ！　んくっ、はぁぁっ……」

「いーんでしょおー？　ねえ、いいって言いなさいよ！　言わないと抜いちゃうゾ」

「いや……！」

琴美の瞳《ひとみ》が、悲痛に見開かれた。

「だ、だめ――……抜いちゃいや！　お願い、も、っと――……ぉ……――」

「気持ちいーい？」

「ぁ、あ――い、いいわ、いいの……たまらな、い……感じるの、いいのぉ…………だから、だからやめないでぇ……」

まるでうわごとのように口走りながら、琴美は腰を大きく円を描くようにくねらせる。

くすくすくすっ、と鞠が笑った。


「あ――……」

ずかずかと厨房《ちゅうぼう》に入ってきた顕嗣の姿を見て、茜は目を見開き、そしてぱちぱちとまばたきをした。

「顕嗣、さま……？　どうなさったんですか？」

「茜か――……」

確たる理由があったわけではなかったが、顕嗣は思わず顔をそむけていた。

「水をくれ」

「……お水ですか？　はい、わかりました」

けげんそうに、だが言われたとおり頷いて、茜は戸棚からコップを出し、冷蔵庫から冷やしたミネラルウォーターを取り出してコップに注いだ。

「どうぞ」

さし出されたコップを顕嗣は無言でつかみ、そしてひと息に飲み干した。

長い吐息が、もれた。

今しがた、目にしてしまった光景は——いったいなんだったのだ。

メイドたちの誰かが男を引き入れてでもいたのなら、まだ理解の範疇《はんちゅう》にあった。

だが、メイドの一人が別のメイドを、器具を使用して——しかもいたぶられているほうも明らかに興奮の極みで卑猥《ひわい》な言葉を口走り、自ら腰を振っていっそうの刺激をねだるなど。

いったい——どういうことなのだ、これは。

「顕嗣、さま……？」

気遣わしげな声に、顕嗣はかるく頭を振って傍《かたわ》らの少女に意識を移そうとした。

「大丈夫ですか？　お水……もっといりますか？　何か飲み物お作りしましょうか」

心配そうにのぞきこんでくる、澄んだ瞳。

ひどく――ほっとした。

「いや、いい。もう十分だ。ありがとう」

かろうじて笑みを作って、茜の手にコップを返した。受け取って、茜がにこりと笑う。

「よかった。なんだか、すごくこわい顔をしてらしたから、何かあったのかしらって思っちゃいました」

「茜――」

幼なじみの少女が、親しみのこもった笑みを浮かべ、しかし敬語で話しかけてくる。居心地の悪さを感じて顕嗣は頭を振った。

「敬語なんか使わなくていい」

「え――……。でも」

ためらうように、茜は目を伏せた。

「わたし、このお屋敷の使用人ですから」

「俺がいいと言ってるんだ。――だいたい、何があったんだ。いったいなぜ、この屋敷のメイドになんか」

眉を寄せて、顕嗣はテーブルの椅子《いす》を引いた。腰を降ろし、茜を促すと茜も頷いて別の椅子を引く。腰を降ろして、しかし顕嗣の視線を避けるようにうつむいた。

「両親が死んだんです」

「……蓮見のおじさんとおばさんが？」

「ええ。三か月前。交通事故で。……二人とも同時に。ほかに親類はいなくて、わたし、路頭に迷うところだったんです。それを、旦那さまが憐《あわ》れんでくださって、わたしを引き取ってくださって」

そう言った茜の唇に、ちいさな笑みが浮かんだ。いっそう、顕嗣は眉を寄せる。

「おまえはあの男にとって姪だろう。両親を失った姪を引き取るのは伯父《おじ》として当然のことじゃないか。何もメイドとして扱うことはない」

「そんな――」

驚いたように茜は顔をあげて、そしてかぶりを振った。

「それは筋がちがいます。親戚だからって甘えるわけにはいきません。わたしは旦那さまに感謝してます。そんなおっしゃりかた、なさらないでください」

眉を寄せたまま、顕嗣は少女を見つめた。

五年会わないでいる間に、茜もまた、記憶の中の姿よりも成長していた。それでもまぎれもなく面影はあって、よく知った相手が、しかし急に他人になってしまったかのような奇妙な感覚が顕嗣をとらえる。

顕嗣の知っている茜は、顕嗣の父を『旦那さま』などと呼びはしなかったし、顕嗣によそよそしい敬語を使って話しかけもしなかった。

「茜――。昔のように話をしてくれないか。おまえにそういう話し方をされると、落ち着かない」

「え…………でも」

「頼む」

重ねてそう言うと茜はちらりと顕嗣の表情を窺《うかが》うようにし、そしてまた目を伏せると、こくりと頷いた。

「うん――……おにいちゃんがそう言……あ」

はっとしたように茜は目を見開き、口元を手でおさえた。

「ごめんなさい……顕嗣さま」

「茜」

顕嗣はかぶりを振った。

そう――そうだった。茜は、顕嗣を「おにいちゃん」と呼んでいた。そう呼んで顕嗣のあとをついて回り、顕嗣も、そう呼ばれるのがくすぐったい反面どこか嬉《うれ》しくて、茜を待って手をつないでやったものだった。

「それでいい。昔のとおり、おにいちゃん、でいい」

「いえ！　…………そういうわけにはいきません」

「茜」

「顕嗣さまは――お屋敷のご主人さまなんですから」

いくらか蒼褪《あおざ》めさえして、茜は身を硬くする。

どうやら、振り出しに戻ってしまったらしい。

「俺の言ったことを聞いてなかったのか。いや――常にでなくてもいい。俺と二人きりの時だけは、敬語はやめてくれ。おにいちゃんと呼ぶのに抵抗があるならそうでなくてもいいから、せめて普通に話してくれ。……それとも何か？　おまえは主人に頭を下げさせないと気がすまないか？」

「そんな――！」

茜ははじかれたように顔をあげ、顕嗣の目が笑っていることに気づいてぷっと頬《ほお》をふくらませた。

「もう……。そういうの、ずるいよ」

「そうさ。俺はずるいんだ。普通に話してくれるな？」

「…………うん」

微笑《わら》いかけると、茜もつられたように微笑んで、頷いた。

「でも、けじめはけじめだから。顕嗣さま、って呼ばせて？　いいでしょう？」

「……いいだろう。そこは譲るよ」

頷くと、やっと、ほっとしたように茜は笑顔になった。

「ほんとはね、わたしも……ちょっと違和感、あったんだ。でも、顕嗣さまはご主人で、わたしは使用人だから、ちゃんとしなくちゃな、って」

「気にするな。俺はおまえを使用人だとは思っていない」

くすっと笑って、茜はかぶりを振った。

「……だめだよ、そう思わなくちゃ。わたしがお屋敷に雇われてるのは事実なんだから」

そう言ってあらためて顕嗣に笑いかける。

「こうやって話せるだけで、わたしは十分だから。ちゃんと使用人として扱ってね？」

茜のその笑みには何かを悟ったような透明さがあって、顕嗣も頷かざるを得なかった。

「わかった。――……ところでおまえはここで何をしてたんだ？」

「お夕食のしたくよ。お料理は、わたしの担当だから」

「ほう？　――じゃあ、今朝からの食事も？」

「うん、全部わたしが作ってるの」

「大変だろう」

「そんなことないよ。わたし、お料理って好きだし」

「そうか？　だったらいいが」

今度は顕嗣のほうが茜の笑みにつられて、笑った。

先ほどの光景を目撃してしまったショックはいつの間にか薄らいでいた。

夕食をすませ、自室に戻った顕嗣は大きく息をついた。

朝も昼もそうであったように、顕嗣は夕食もメイドたちと食卓をともにした。琴美も鞠も、もちろん同じ席についていた。

琴美は前の日からずっとそうしていたようにうつむいて、伏し目がちに黙々と食事をしていたし、鞠もまた、ほんの一、二時間前にひどく残忍な声音で琴美をなぶっていたのと同じ少女だとはとても思えない、天真爛漫《らんまん》な笑顔を振りまいていた。

二人の間の関係は、二人だけしか知らないことなのか。それとも佐伯やほかの少女たち——茜も、二人の秘められた関係を知っているのだろうか。

茜が腕をふるってくれたという料理は美味ではあったが。

昼間、父親の私室でひっそりと声を殺して泣いていた娘と、鞠にいたぶられることで明らかにいっそう情欲をかきたてられていたあの淫乱《いんらん》そのものの娘は、ほんとうに同一人物なのか。

貞淑な女性が、ベッドでも奔放でないとは限らない。それはわかってはいたが——。

考えに沈んでいた耳に、丁重なノックの音が聞こえてきた。目をあげて、顕嗣は扉のほうを見やる。

「誰だ」

「佐伯でございます。――……よろしいでしょうか」

「ああ。入れ」

許可を得て部屋に入ってきた佐伯は、きまじめな表情で顕嗣に一礼した。

「ご奉仕のお時間でございます」

「……………なに?」

予想もしていなかった言葉に、顕嗣がそう返すまでにはいくらかの間があった。

「なんと言った」

「ご奉仕のお時間でございます」

表情を変えずに、佐伯はくり返す。

「メイドたちの中より、お心にかないました娘をご指名ください。その者が、今宵《こよい》、顕嗣様のお世話をさせていただきます」

まじまじと、顕嗣は佐伯を見つめた。佐伯はぴくりとも表情を変えずにそこに立ったままでいる。

「…………そういうことか」

しばらく沈黙していたあとで、ようやく、顕嗣は唸《うな》るように言葉を押し出した。

そのための、若いメイドだったというわけか。

まるで妾を囲うようにここにメイドを住まわせていたのではない。――弓三郎は、文字どおり、娘たちを囲っていたのだ。メイドという名を与えることで世間体をつくろって。その日の気分でなぐさみものにする娘を取り替えられるように、四人もの数を揃《そろ》えて。

「お気に召した娘は、ございませんでしたでしょうか」

顕嗣の沈黙をどう解釈したのか、佐伯はしばらく間をおいてから丁重な言葉つきで訊ねた。

「お気に召しませんでしたら、暇を出して別の者を見つくろって参りますが」

「……それも、当主のつとめだとでも言うつもりか」

「亡き旦那さまは、毎夜お励みでございましたが」

痛烈に切り返されて、顕嗣は鋭い舌打ちをもらした。

「琴美を呼べ」

そう吐き捨てたのは、確かめたかったからだったのかもしれない。

鞠に玩具《がんぐ》で責められてあれほど乱れていた理由を――じかに自分自身で。

「かしこまりました」

深々と、佐伯は頭を下げた。そして廊下から、ワゴンを一台、引き入れる。

「ほかにお入り用のものがございますれば、手配いたしますが――今宵はこちらでごかんべんください」

「——……？」

顕嗣は眉を寄せたが、佐伯はそれ以上は言わずに再び頭を下げた。

「ただいま、琴美をこちらへ伺わせます。どうぞお楽しみくださいませ——」

そう言い残して佐伯が部屋を出ていく。

顕嗣は立ち上がって、佐伯が扉のすぐ内側の壁へ寄せていったワゴンをのぞきこんだ。

さらに深く、眉間《みけん》にしわが寄った。


ためらいがちな、かすかなノックの音がしたのは、ほどなくしてのことだった。

「入れ」

声をかけると、おびえたようにドアが開いて、おずおずと琴美が入ってくる。

「こっちへ来い」

「…………は、い……」

蚊の鳴くような声で頷いて、うつむいたまま、琴美が顕嗣の腰を下ろしていた椅子に近づいてくる。

「あ——……っ」

無造作に腕をのばして琴美の腕をつかみ、手荒く引き寄せる。琴美はかすかに悲鳴のようなものをこぼした。

「こうして、毎晩のように親父にかわいがられていたわけか」

「ぁ、……っ！　何、を………！」

腕を背後へねじられて、琴美は鋭く息を呑み、体を硬直させた。

「なんだ、琴美。俺には触れられたくないとでも言うつもりか」

顕嗣の声に、琴美はいっそう身をかたくする。

琴美の手首を背後でくくり合わせ、顕嗣は琴美の服に手をかけた。

「親父はさぞや、おまえにいい思いをさせてくれたんだろうな。それで親父のモノが忘れられなくなったか」

「そ、んな……」

細かく身を震わせて、琴美はかすかにかぶりを振った。

「旦那さまは、そんなこと……あ！」

メガネを奪われて、また、琴美の体が震えた。

「今はまだ、俺が相手では気分が出るまい？」

琴美のメガネを投げ捨てて、顕嗣はうすく笑った。

なぜ——これほど残忍な声と言葉とが次々と口をついて出るのか、わからなかった。

顕嗣は、なぜなのか、ひどく嗜虐《しぎゃく》的な気分になっていた。

何重かに折り畳んで光をとおさないようにした長い布きれをとって、琴美の目を覆うように巻きつける。細かく、琴美の体が震えているのが、いっそう嗜虐心を誘った。

「これなら、俺じゃなく親父にやられてる気分になれるだろう」

かるくこづくと、両手の自由を奪われ、視覚も奪われた琴美はよろめいて、さいぜんまで顕嗣が座っていた椅子に倒れ込んだ。

「……………ひぁっ……！」

手にとったローションのビンを傾け、とろりとした液体を剥《む》き出しの乳房にたらすと、琴美はびくっと体を大きく震わせてかすれた声をあげた。

ローションは、佐伯が運び込んできたワゴンの中にあったものだった。

ワゴンには――その手合いの玩具や潤滑剤の類がびっしりと並べられていたのだ。

「………っ、……」

ひく、と喉を震わせて、琴美があさく喘《あえ》ぐ。全身をこわばらせ――だが、もぞりと、下着をはぎとられた腰をうごめかせたのは。

「なにをしている」

「ぁ――！」

琴美の膝《ひざ》をつかんでぐいと開かせると、琴美が細い声をもらした。

「なんだ、それは」

「……あ……。いや………」

琴美は喉の奥から細い声をもらした。

顕嗣に広げられた脚の奥──うすい繁みの奥から、こぽりと、透明な粘液が湧き上がって、そしてこぼれた。

「感じてやがるのか。たったこれだけで。──とんでもない淫乱だな」

顕嗣の声に、琴美の頬が紅潮する。しかしすんなりした太股《ふともも》の肉はかすかに痙攣《けいれん》し、そいて白い太股の奥──あわいサーモンピンクの肉びらがふるりと震えて、またひとしずく透明な露をこぼした。

「っ、あぁ──……っ！」

すでにぬかるんだクレヴァスにローションを垂らすと、琴美はがくんと頭をのけぞらせた。視覚を遮られていると、顕嗣が次に何をしようとしているのかがわからない。それだけに逆に、全身の神経が鋭敏になっているのだ。どんなちいさな刺激も、琴美の神経には増幅されて伝わってしまう。

「そうか──そんなにこうされるのが好きか」

ローションと粘液の入り混じった液体ごと、柔らかな肉をぐいと手のひらでこねた。

「ふぁ……っ！」

触れられるとは予測していなかったのか、琴美は甲高い悲鳴をあげた。

「あ、いや……だ、め——」

「何がだめだ」

ぐりぐりと琴美の秘部をこねながら、さらにローションをたらす。ひやりとした粘液の感触に琴美は震え、顕嗣の手にローションを塗り広げられ、敏感な肉芽をこねられて、激しく身をよじった。

「あっっ！　だ、だめ、そこは——……っっ」

「ここ？　ここがなんだ。親父に開発されたのか、ここを」

「ぁ、ぁっ！」

途切れ途切れに淫声をもらしながら、しかし琴美は必死の様子でかぶりを振る。

「そんな、こと……っ、あ、……ありま、せ…………ひぐっ、ふぁっ……。——……だ、旦那、さまは——……ぁ、ぁあっ、あっっ！」

手に力をこめると琴美は声を高くした。

「イキそうか。——イキそうなんだな。親父にもそうやって腰を振って見せたのか。そうやってひいひい喘いで物欲しげに腰を振っておねだりをしたんだろう」

「ち、ちが……ひっ、ぃや、あ、あ——……い、いっ、ちゃ…………も、もう……もういっちゃう……っっ！　ああああっっっ！」

必死に否定しようとするあがきもむなしく、手のひらの下で琴美の肉芽が激しく痙攣し

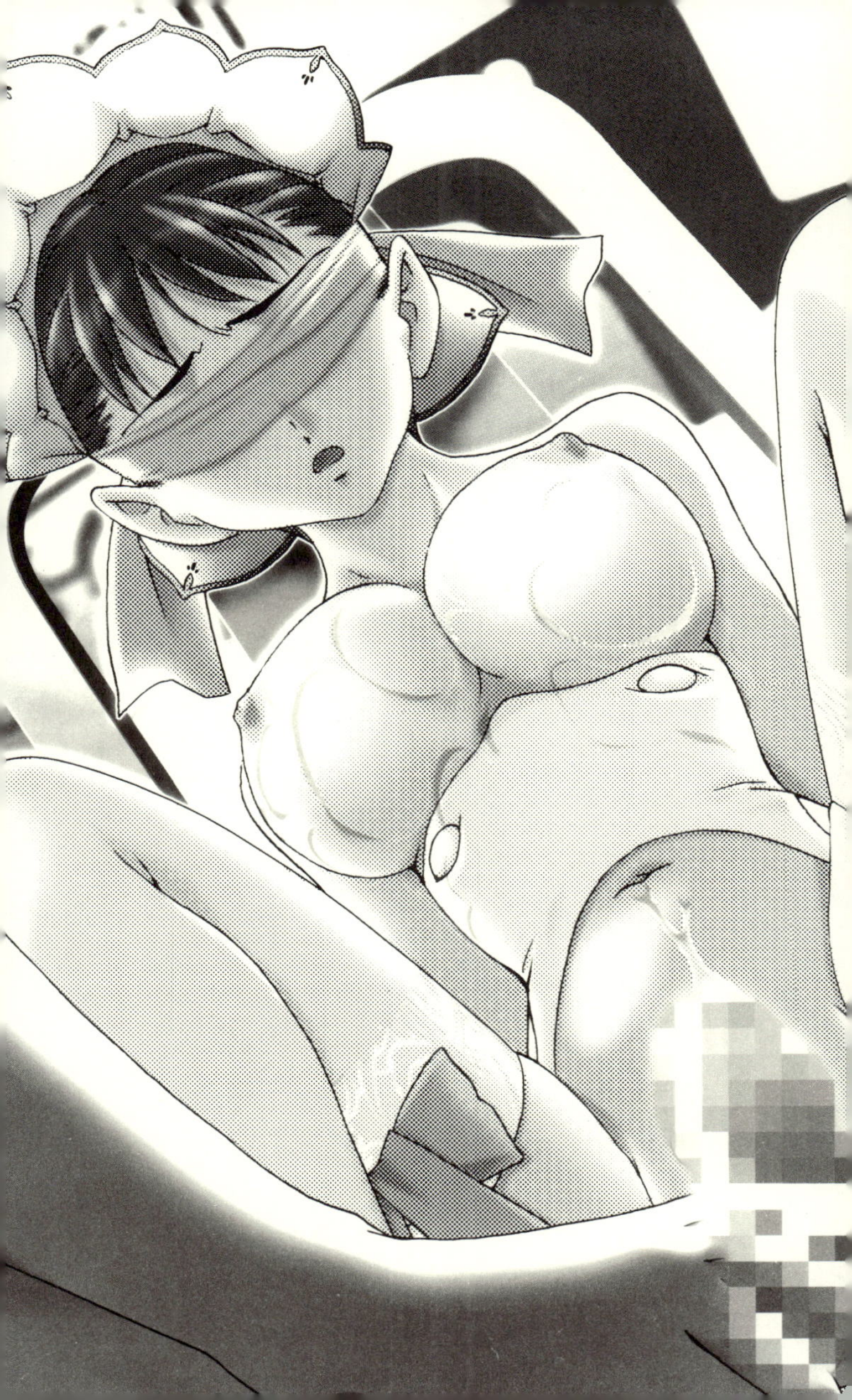

て、琴美は悲痛な長い叫び声を迸《ほとばし》らせてがくがくと全身を震わせた。

「…………っ、ぁ——……、……はぁっ、はぁっ、……」

「それのどこがどう、『違う』のか説明してほしいもんだな」

あまりに激しく身悶《みもだ》えしたためにずれてしまった目隠しからのぞく、琴美のひどく哀《かな》しそうな瞳に大粒の涙が浮かび、そしてまだ紅潮したままの頬へと転げ落ちていった。

第二章　3日め

「…………ま……。……顕嗣様！」

せわしなく扉を叩《たた》く音と、そしていくらか上ずった佐伯の声が、顕嗣を眠りから現実へと引き戻した。

ベッドから半身を起こして、顕嗣は首を傾げる。

時計を見やると、まだようやく陽がのぼったかどうかという時刻だ。

「顕嗣様！」

「なんだ。入れ」

どうやらよほど緊急のことらしいが、それでも許可を得るまで部屋に入って来ないというのはいかにも佐伯らしかった。

声を返すと、律義に失礼いたします、と返答があって、扉が開く。

「いったい何事だ。騒がしい」

「は——。申し訳《わけ》ございません」

一礼して詫びた佐伯は表情をこわばらせていた。顔色も、心なしか悪い。

だが、佐伯が顔色を変えているというだけで、それは相当な変事だ。

「詫びはいい。何があった」

かぶりを振って、顕嗣は先を促した。

佐伯は、顕嗣が記憶している限り冷静沈着に人の形をとらせたような男だ。その佐伯がここまで取り乱した様子を見せているからにはよほどのことだろう。主人の安眠を妨げたことを咎《とが》めている場合ではない。

「はい。――……一大事でございます」

頷《うなず》いた佐伯は声をひそめ、しかし重々しく告げた。顕嗣はさらに首を傾げる。

「それではわからん。何があったと俺は訊《き》いたはずだ」

「おそれながら――申し上げましても、とても信じてはいただけないと存じます。ご足労をおかけして恐縮ではございますが、そこまでご案内いたしますので」

「わかった」

頷いた。

顕嗣は佐伯という男を信頼している。家への忠誠心が強すぎる面は別として、執事としてはこれ以上望むべくもない有能な男だ。佐伯が見てほしいというものがあるなら、それは見なくてはならないものだろう。

ベッドを降り、ガウンを羽織って佐伯に案内しろと目線で合図をする。佐伯は深く一礼し、こちらでございます、と短く言って先を歩き出した。

それは――……まさに、一大事と呼べる状況であった。

佐伯に案内されて連れていかれた先は、メイドたちの部屋のひとつだった。飾り棚に紅茶の缶などを並べた、ひっそりとしてはいたが落ち着いた部屋。

もともとメイドたちが使っている部屋は、ゲストルームとして作られているものだ。どの部屋にも入浴設備が備えられている。

そのバスルーム——かつては湯であったのか、もとより水であったのか。水をたたえた浴槽の中で、全裸の少女が一人、こときれていた。

昨夜、顕嗣の部屋で浅ましいほどの嬌態《きょうたい》をさらしてその豊かな腰を淫靡《いんび》にうごめかせていた少女——。

浴槽の水面には、まるで琴美への手向けであるかのように、多数の、椿《つばき》の花が浮かべられていた。

(旦那《だんな》さまが、愛しておられた……花、なんです……)

消え入りそうな声でそう呟《つぶや》いた琴美の表情が脳裏にまざまざと甦《よみがえ》ってきて、顕嗣はきつく眉《まゆ》を寄せた。

琴美はどうやら弓三郎にほのかな想《おも》いを寄せていたようだった。椿を捨てろと命じた顕嗣に、その時だけは懸命の面持ちで口答えをするほどに。

確かに、その琴美への手向けに、椿ほどふさわしい花はないだろう。

しかし——。

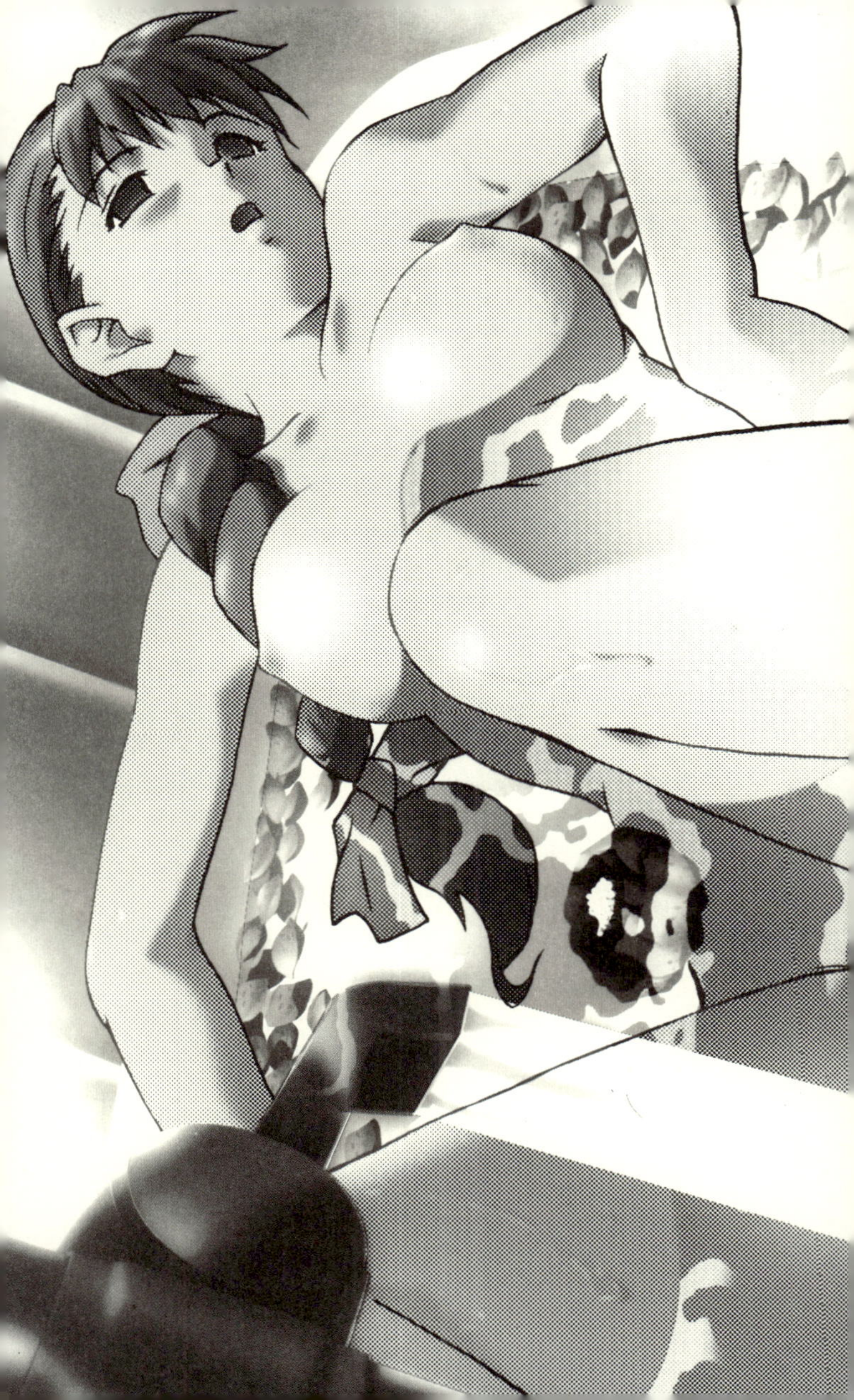

花を手向けたのは……いったい誰なのか。

問題は、それだ。

何者かが、浴槽に椿を浮かべたのだ。

尋常な人間であれば、死者を全裸で浴槽につからせたまま、ただ花を手向けたりはしない。

琴美を――殺した人間が、いる。

「……顕嗣、様………」

琴美の死体を前に考え込んでいた顕嗣に、佐伯が控え目に声をかける。

「いかが――いたしましょうか」

「警察には」

「あ……いいえ、まだ。この状況に動転いたしまして、とにかく顕嗣様にお知らせしなければ、としか考えられなくなっておりました。お恥ずかしゅうございます」

「恥じることはない」

顕嗣はまだ、佐伯に一大事だと前置きされていたからある程度の心の準備もできた。だがなんの用意もなく突然この光景を見せられて、動転しないほうがおかしい。

「屋敷の戸締まりは。犯人はどこから入ってきて、逃げたか、わかるか」

顕嗣は自分でも呆《あき》れるほど、冷静にこの状況を受け入れていた。

琴美が死んだ。どう見ても他殺だと思える状況で。

「たいへん、申し上げにくいことでございますが」

主人の冷静さに影響されたのか、佐伯も落ち着きを取り戻しつつある声で答える。

「戸締まりは昨夜わたくしが、すべて確認いたしました。先ほど見て回りましたが鍵《かぎ》はすべて――かかっておりました」

「手回しがいいな」

いや――あるいは、顕嗣は感情を鈍磨させ、思考へ振り向けることで冷静さを保とうと無意識のうちに己《おの》れの精神を操作していたのかもしれない。

たった昨夜――まだ早朝の今から逆算すれば何時間という単位で数えることができる時間しか、たっていないのだ。顕嗣自身の手によって琴美を極限まで乱れさせ、そしてエクスタシーを強制してから。

琴美がとめどなくあふれさせていた愛液の、ぬめりとした感触は、まだ生々しく手のひらに残っている。

「俺のところへ大慌てで報告に来る前に、屋敷じゅうの鍵を確認して回ったのか」

「逆でございます」

いくらかのとげをひそめた顕嗣の声を佐伯はかるく目を伏せただけでやり過ごす。

「わたくしが毎朝、起床して最初にいたしますのが、夜の間に何も異変がなかったか、お屋敷じゅうの鍵を確認して回ることでございますので。琴美がこのようなことになっておりましたことに気づきましたのは、そのあとでございます」

「なるほどな。その時には鍵はすべてかかっていたと」

「さようでございます」

肯定した佐伯に、顕嗣はちいさな頷きを返した。

ということは、犯人は屋敷の中にいる人間——あるいは犯人を手引きし、犯人が逃亡したあとであらためて鍵を閉めた共犯者が屋敷の中にいる、ということか。

だが。

「気が回りませんで申し訳ございませんでした、顕嗣様。ただいますぐに警察を」

「待て」

浴室を出ていこうとした佐伯を、顕嗣は短く呼び止めた。

「警察は呼ぶな」

「は——？」

その言葉に、珍しく佐伯が間の抜けた声をあげた。

「顕嗣様……今、なんとおおせになられました」

「警察は呼ぶなと言った」

「——……それは、どういう意味でございますか」

「通報しなくていい。――……たしか地下には保冷設備があったな」

「は、はい……ございます、が――」

「そこに琴美を移せ。ここにこうして置いておけば遠からず腐敗する。それは忍びない」

「顕嗣様……！」

佐伯の声が大きくなった。

「いったい、何をお考えでございますか。秘密裏に琴美の死体を処理せよとおおせになるのならまだしも、保管しておけと――？」

「悪いか」

顕嗣の投げた一瞥《いちべつ》に、佐伯は息を呑《の》んで棒立ちになった。

「わ、悪いも――なぜそのようなことを」

「いずれ西園寺の息のかかった医者に所見を偽造させて病死ということにでもすればいいが、犯人を特定するほうが先だ」

「顕嗣様」

佐伯の声に咎める響きがまじった。

「ご自身で犯人を捜されるとおっしゃるのですか」

「そうだ」

「危険でございます。人を殺した娘ですぞ――！」

「娘、か」

再び顕嗣の投げた視線に、佐伯は息を呑んだ。

「戸締まりに異常がなかったからには、屋敷にいた誰かが、琴美を殺した」

「は――……」

視線を合わせているのに耐えかねたように、佐伯は目をそらした。

「ゆうべこの屋敷にいたのは俺とおまえと、それからメイドたちだけだ」

「………おおせのとおりでございます」

深い吐息とともに、佐伯は頷いた。

「ほかに、使用人はおりません」

そう――犯人は、琴美を除いたメイドたちの誰かでしかあり得ないのだ。あるいは、佐伯が当の犯人で、第一発見者を装っているという可能性もあるが。

「確かに――かような醜聞が明らかになりますと西園寺家にも、ブルッフラ・コンツェルンにも痛手ではございますが」

「そんなものはどうでもいい」

冷ややかに、顕嗣はかぶりを振った。

「言ったはずだぞ。俺は西園寺という家を残すつもりはない。スキャンダルがもとで破滅するというなら、かえって願ったりだ」

「顕嗣様──」

「とにかく、琴美を。何かにくるんでやって、地下室に運べ」

「……承知いたしました。おおせのとおりに」

最終的には、執事は主人の命令には逆らわない。

そういう意味でも、佐伯は理想的な執事であった。

「…………！」

琴美の部屋を出ようと扉をあけると、扉のすぐ外側で息を呑んだかすかな声がした。ドアを大きく押し開くと、大きく目を見開いた少女が慌てたように視線をそらす。手入れの行き届いた長い髪が一瞬遅れて、揺れた。

「あ……──あの、おはようございます、顕嗣さま」

「おはよう」

頷いて、顕嗣は小夜を見る。視線をどこへ向ければいいのか困っているように、小夜は顔を伏せたまま、せわしなく床のあちこちへ視線をさまよわせる。

ふと──顕嗣は小夜の手元に目をとめた。

小夜の指先には、細かな傷がたくさんついていた。

かつて、社長令嬢であったころは、傷ひとつない、ほっそりとした美しい指を持っている少女が──今は指先をひどく荒れさせている。

「どうした。ここで何をしている」

かすかな痛ましさを隠そうとする思いが、顕嗣の声をいくらかつっけんどんなものにした。同情され憐《あわ》れまれるのは、小夜にとっても屈辱のはずだ。

「え——……い、いえ……何も」

目をそらしたまま、小夜はかぶりを振る。ちらりと顕嗣を見て、顕嗣の視線がどこを見ていたのに気づいたらしく、慌てたように傷ついた手を背後に隠した。

「と、……通りがかっただけですわ。急にドアがあいたから、驚いてしまって」

「そうか。ならいいが」

「あ……顕嗣さまこそ…………琴美さんの部屋になんのご用でしたの」

「おまえには関係ない」

あえて、顕嗣は何も口にはしなかった。琴美の死は彼女たちに隠しとおせることではあるまいが——出会い頭の廊下で世間話として語るつもりも、顕嗣にはなかった。

「自分の仕事をしろ、小夜」

「……——!」

きっ、と小夜の表情が険しくなった。顕嗣を睨《にら》みつけるようにして、しかし悔しげに唇を噛《か》みしめて目をそらす。

ほっそりした体が、細かく震えていた。

「——……はい、顕嗣さま」

震えを抑え込んだ声でそう呟いて、小夜は頭を下げた。その傍《かたわ》らをすり抜けて、顕嗣は一階へと降りる。

佐伯の言ったとおり、玄関の扉には内側から鍵がかけられていた。勝手口の扉もだ。

誰かが犯人を逃がしたあとで再び鍵をかけたのでない限り。

鍵をあけて、顕嗣は勝手口の戸を細く開いてみた。まだ——……雪はやんでいない。だが昨日よりはすこし小降りになっているようだ。

（…………ん？）

裏庭に積もった雪に、うっすらと足跡があった。降り続く雪に半ば消されてはいたが、しかし完全に消し去られてはいない。

では——……犯人はやはりすでに逃亡していて、共犯者がこの扉に再び鍵をかけたということか。

雪はそれほど降ってはいない。傘を捜す手間は省いて、顕嗣は裏庭へ出、そして足跡をたどりはじめた。

しかし、足跡は遠くへは続いていなかった。

屋敷は無数の椿の木に囲まれている。その一隅へ足跡は向かい、そして、そこで立ち止まっていた。その近辺をうろついたらしく、雪がかなり乱れている。

足跡の主が何をしていたのかは、木を見ればわかった。

真新しい切り口をさらした枝があちこちにある。

よく見れば、足跡は二つあった。椿のほうを向いているものと——そして屋敷へ向かうものと。

足跡は、琴美の浴槽に手向けた椿を切った時につけられたもののようだった。

ほかの方向へ向かう足跡はつけられてはいなかった。勝手口へ戻り、やはりほかに足跡のないことを確かめて、顕嗣は念のため玄関へも回ってみる。こちらはほんとうに昨日から出入りがなかったらしく、足跡らしい足跡は何ひとつ残ってはいなかった。

扉を閉めて、顕嗣はため息をついた。

自分の部屋へと戻り、顕嗣はアームチェアに体を沈めて、大きく息をついた。

やはり——犯人は屋敷の人間なのか。椿を切った時の足跡が残っているのだから、犯人が逃亡したとすればその足跡も消えずに残っていなければならない。

顕嗣自身には琴美を殺した記憶はない。自ら知らぬうちに多重人格者となって琴美を殺したのでなければ、犯人は佐伯か、残る娘たちの誰か。鞠か小夜か——茜か。

不快な思考に、顔をしかめる。

茜であるはずがない。茜はそんなことのできる娘ではない。顕嗣は幼い頃から茜をよく知っている。

だが――……。

彼の知っている茜と、今の茜との間には五年の歳月がある。その間に茜は両親を失い、天涯孤独となって、そして他家の使用人という境遇を強《し》いられることとなった。

茜の心の中にどんな変化が訪れていたとしても、不思議はないが。

礼儀正しいノックの音が、思考を中断させた。入れと声を返すと佐伯が扉をあけて、一礼する。

「ご指示のとおり、琴美の遺体を地下に安置して参りました」

「ご苦労」

「ほかのメイドたちには――どのように」

「隠しておくわけにはいくまい。俺が伝える」

「承知いたしました。それから――」

「なんだ」

言いよどんだ佐伯に首を傾げると、佐伯は苦い顔になった。

「ほんとうに、警察には何もおっしゃらないおつもりでございますか」

「今のところはな」

「しかし、いつまでも伏せておくわけには参りません」

「わかっている」

「いえ――おそらく、わたくしの申し上げたいことと顕嗣様のおっしゃっておられること
は違うと存じます」
アームチェアに身を預けたまま、顕嗣は佐伯を見やった。佐伯はさらに顔をしかめる。
「晩餐会《ばんさんかい》を催しますのが、今週の金曜日なのでございます」
「なに――？」
「日取りはいつでもよいと、顕嗣様がおおせになられましたので――今度の金曜に取り決
めてしまってございます」
「――……それがあったか」
短く舌打ちして、顕嗣は唇を噛んだ。
西園寺の親族を招いての晩餐会――表向きは顕嗣の帰国を祝う会ということになってい
るが、実質的には顕嗣本人の品定めといったところだろう。
顕嗣にはコンツェルンの総帥を継ぐつもりはなかったからどれほど品を定められようが
痛くもかゆくもない。要求をはねつけるほうが面倒を招きそうだったので、手配は佐伯に
一任すると返答を返してあった。
「メイドが一人欠けておりますことはいかようにでも取り繕えますが、琴美を安置しまし
た保冷庫は――旦那様が猟をなされた時に獲物を保存するためにとお作りになられたもの
で、旦那様のご自慢の一つでございました。どうしても中を見せろとおおせになるかたが

必ずおられます。その時に見せられぬと申しませばかえって痛い腹をさぐられることになると存じます」

「中止には――……簡単にはできないな」

「は」

苦々しく吐き捨てた顗嗣に、佐伯は短い一礼で答えた。

それができるくらいなら、そもそも晩餐など開きはしない。

「ご親族ばかりでなく、会には各界のお歴々もおいでになります。マスコミも注目いたしております。それを中止するには、……それこそ警察沙汰《ざた》になるような事件でもございませんと」

「つまり、いずれにせよその日には警察の世話になるということか」

苦笑が浮かんだ。

「今日は何曜日だ」

「火曜日でございます」

「わかった。その日までに犯人が特定できなければ、警察に預ける。晩餐は中止だ。それ以前に処理が終わるようなら、晩餐は予定通り行う。それでいいな」

「――……かしこまりました」

決断した顗嗣に、佐伯は深く一礼した。

「……間もなく、ご朝食のお時間でございます」

「わかった。娘たちを集めておけ」

いっそう深く頭を下げて、佐伯は何も言わずに顕嗣の部屋を辞した。


朝食は――とても食事とは呼べないような状態で終わった。

琴美が死んだ、と告げた瞬間。

小夜は蒼白《そうはく》になって動きをとめ、鞠はきょとんとしてまじまじと顕嗣を見つめた。そして茜は、呼吸が停《と》まったように目を見開いて、そして次の瞬間、悲鳴をこらえるように口元を両手で覆った。

あの時の反応を見る限りでは――疑わしいのは真っ青になった小夜か、さして感慨を覚えた様子もなかった鞠だろうか。茜のあのショックを受けた様子は、とても演技には思えない。

小夜の表情も、ショックを受けたせいだと解釈できないことはないが、それにしては朝の早い時間に琴美の部屋の前で行き合ったことが気になった。小夜は通りかかっただけだと言ってはいたが――あれは琴美の部屋を窺《うかが》っていたともとれる。

それに、小夜の傷ついた指先。

あれは――大量に椿を切ったためについたものではないのか。

とりあえず、朝食の席でひととおり娘たちの昨夜の行動は訊《たず》ねた。当然のように、誰もが昨夜は眠っていた、と答えたが。

琴美が昨夜、顕嗣の部屋を辞したのは、かなり遅い時間になってからだった。屋敷はすでにひっそりと寝静まり、「奉仕」が終わるのを律義に待っていたらしい佐伯は琴美が立ち去ったあとで例のワゴンを片づけに顔を見せたが、そのあとすぐに眠ったという。

だが――眠ったふりをしておいて琴美を殺すことは、誰にでもできる。

ひとつ、顕嗣は頭を振った。

娘たちか、あるいは佐伯か。その中に必ず、犯人はいるのだから。ただ座って根拠のうすい推理をこね回していたところで、なんにもなりはしない。

とにかく、娘たちと話をしてみようと決めて、部屋を出た。

娘たちの姿を捜して、一階へ降りてみる。すでに食堂は片づけられていて、無人だ。それぞれ、自分の仕事をしているのだろう。

茜なら、すでに昼食の支度のために厨房にいるはずだ。茜が疑わしいとは思えなかったが、彼女だけを除外してしまうのは、ほかの娘たちの手前、問題もあるだろう。形だけですませるつもりだった。

「――……だこと」

厨房の入り口までやってきた時、ひどく冷ややかな声が聞こえた。顕嗣は思わず足をとめる。

「そんなこと……考えてません、わたし………」

呟くような声がそう言った。今聞こえたのとは別の——茜の声だ。

「あら。そうかしらね」

鼻を鳴らして嘲笑《ちょうしょう》したもう一方の声は——どうやら小夜のものらしかった。

いったいなんの話をしているのだろうか。顕嗣は気配を殺して厨房の入り口へ近づき、ちらりと中をのぞきこんだ。

「純情そうな顔を装ってたって、おなかの中では何を考えているかなんて、わかったものじゃないわ」

形のいい眉を険しく吊《つ》り上げて茜を睨みつけていたのは、果たして小夜だった。一方の茜は、今にも泣き出しそうに瞳《ひとみ》を潤ませて、唇を噛んでうつむいている。

「ねえ——おっしゃいよ。どうなの?」

小夜の瞳がまるで刺すように茜を見据えた。

「はじめからそのつもりで、このお屋敷にもぐりこんだんでしょう? 身よりがいなくても、なにもここに雇われる必要なんてなかったはずだわ」

「………」

茜は弱々しくかぶりを振った。唇を噛みしめた口元に力がこもったのがわかる。

「わた、し……そんな」

「顕嗣さまに一人だけ特別扱いしていただいて、さぞや気分がいいでしょうよ。――いやらしい！　幼なじみの立場を利用して顕嗣さまに取り入って」

「う、っ………」

懸命にこらえていた涙がほろりとこぼれて、強く握り合わされた茜の手の上に落ちた。

「まあ――うそ泣きもお上手ね。そういえば今朝も、ずいぶんとお見事な演技だったわよね。ショックを受けました、っていう反応のお手本にしたいくらいだったわ」

嘲《あざけ》るような声はなおも続く。

「ほんとうに――したたかな女ね！　人を殺して平然としていられるなんて。信じられない神経だわ」

ぴくりと、目尻がひきつった。

小夜は――茜が犯人だと考えているのか。

「やめて、……ください」

嗚咽《おえつ》の合間から、茜はかすれた声で呟いた。

「わたし、そんなこと………してません」

「あなた以外に誰がいるのよ」

小夜はいっそう声を鋭くする。

「顕嗣さまが琴美をお選びになって、焦ったんでしょう。自分にお呼びがかかるはずだと思って自信たっぷりでいたんでしょう？　ライバルは今のうちに消してしまえと思ったのよ、あなたは！」

「やめて……っ！」

悲鳴のように茜は叫び、両手で顔を覆った。すすり泣きながら、それでも頭を左右に振り続ける。

「わたしじゃありません……わたし、そんなことしてません………」

「じゃあ誰なのよ。あなたじゃないって証拠でもあるの」

「知り、ません……わたし、知らない………」

顔を歪《ゆが》めて、顕嗣はきびすを返した。これ以上、聞いていることに耐えられなかった。

顔をしかめたまま階段をあがる。

小夜は、やけに確信に満ちた口調で茜を糾弾していた。

なにか——茜がやったのだという証拠でも握っているのだろうか。

だが疑わしいのは、むしろ小夜のほうだ。

琴美の部屋をうかがっていたのも、指に傷をつくっていたのも——。

ふと気づくと、顕嗣は書斎の前に立っていた。

そうだ。ここにもう一人、女がいる。

玲は昨日、時間が来たら帰宅すると言っていたし、佐伯も、昨夜屋敷にいたのは顕嗣を除けばメイドたちと自分だけだと頷いたから、玲ということはあり得ないだろうが――。

それならば逆に、玲は自分の冷静な助言者になってくれるかもしれない。

そう考えて、顕嗣は書斎の扉に手をかけた。

「あら――顕嗣さま」

書類を積み上げて書斎の書き物机に向かっていた玲が、顔をあげてにこりと微笑《ほほえ》んだ。

「おはようございます」

「ああ――おはよう」

顕嗣に笑いかけた笑顔は、昨日顕嗣が見たものとまったく変わらなかった。わずかの動揺さえ、しているようには見えない。

あるいは彼女はまだ事件を知らないのかもしれない、とさえ思える態度だった。出勤してまっすぐにこの書斎へやってきたのであれば、その可能性もある。

「三ノ宮」

「はい？　何かしら？」

呼ぶと玲は小首を傾げて、ペンを机に置いた。立ち上がって机の傍らを回り、顕嗣の前へやってくる。

「進捗《しんちょく》が気になっていらっしゃるの？　昨日の今日ですからまだご報告できるほどにはまとまっていませんわよ」

「いや――……それはあとでいい」

やはり、玲は何も知らないらしい。もし彼女が犯人であるなら、顕嗣と二人きりでこうして向かい合っていてまったくの平常心を保っているというのはとんでもない演技力ということになる。

「琴美のことだ」

「琴美さん？　……………こちらのメイドさんよね？　彼女が何か？」

「ゆうべ殺された」

「…………え？」

さすがに一瞬、玲は虚をつかれた表情になった。いくらか目を見開き、そしてゆっくりと一度まばたきをする。

「……それ、本当のことなの？」

「冗談にするには趣味の悪すぎる嘘《うそ》だな」

「そのとおりね。でも…………そうだったの……」

理知的な細い眉がすっと、哀《かな》しげに寄って、玲はかるく瞑目《めいもく》する。

「かわいそうに……」

そう呟き、祈りを捧げるように短い間目を閉じていた彼女は、瞳を開くと顕嗣を見た。

「なにか、その件で私が働かなくてはいけないことがあるかしら？」

「きみじゃないんだな」

玲はもう一度まばたきをして、首を傾げた。

「私が犯人か、って訊いているの？　ちがうわよ？　私はゆうべは自宅に戻っていたし、あなたの使用人を殺す理由なんかないわ」

「……そうだな」

苦笑して、顕嗣は頷いた。

玲の言葉には理がある。彼女は昨日はじめて屋敷へ来たのだし、メイドたちとの間にはなんの利害関係もないはずだ。いや——あるいは詳しく調べればあるのかもしれないが、その可能性は限りなくゼロに近いだろう。

彼女よりも、同じ屋敷内で寝起きし、昨夜もここにいて、それなりに琴美と交流もあったはずのほかのメイドたちのほうが、疑われるべきだ。さっきの小夜の口調では、どうやらメイドたちの間には何らかの対立関係もあるようだから、琴美はそのからみで殺された可能性もある。

「……顕嗣様？」

考えがまとまらずに顔をしかめると、玲が気遣わしげに呼んだ。つい、とうすい色のマニキュアに彩られた指先が顕嗣の腕に触れる。

「そんなに思いつめた顔をしないで。もう少し気を楽に持ったほうがいいわ。何を考えるにも、思いつめてしまっては正しい答えにはたどりつけないわよ？」

「……………ああ」

顕嗣は頷いた。

たしかに、今朝の一件から——……いや、正確に言うならば昨日からずっと、顕嗣は苛《いら》立《だ》って、神経を尖《とが》らせている。

琴美の死だけではない。この屋敷が——屋敷のあらゆる場所に残る西園寺弓三郎の影が顕嗣を苛立たせるのだ。

本来顕嗣にはあまり嗜虐《しぎゃく》的な性癖はない。それが昨夜、琴美をかなりサディスティックに扱ったのは——自分でもわかっている。父親への対抗心がさせたことだ。

この娘は弓三郎に抱かれ、弓三郎によって女の歓《よろこ》びを教えこまれ、弓三郎のとりことなってその死後もまだあの男の面影を忘れられずにいる——その思いが、顕嗣にああした行動をとらせたのだ。自分のほうがオスとしてもあの男よりすぐれていると、それを証明しようとやっきになった。

その自覚があるだけに、その直後に琴美が殺されたという事実が顕嗣をいっそう苛立たせた。

最後の夜に——……あんな快楽をしか与えられないまま、琴美は死んだのだ。

琴美に情が移っていたわけではないはずだ。じっさい、顕嗣は琴美を弄《もてあそ》びはしたが直接琴美の肉体を自分のものにはしなかった。自分の性器に触れさせることさえせず、ただ、一方的に琴美をなぶったのだ。

だからこそ、顕嗣は後悔を感じているのかもしれなかった。

「顕嗣様」

もう一度呼んで、玲は顕嗣の腕をとった。

「ひと休みなさったほうがいいわ。こちらへいらして。座りましょう？」

促されるまま、顕嗣は玲に手を引かれるようにして書斎に置かれていたソファに腰を降ろした。吐息がもれる。

「誰もが——疑わしく見える」

「警察はなんと言っているの？」

「まだ知らせていない。犯人は俺が見つけ出したいんだ」

「まあ——……」

玲はかるく目を見開き、ひと呼吸おいて、ちいさく頷いた。

「それで考え詰めているのね。でも、顕嗣様？　そういうことならなおのこと、一度力を抜いて気持ちを切り替えたほうがいいわ」

「わかっている。だが——そうしようと思っただけでできるなら苦労はしない」

くすぐ、とごくうすく、玲が微笑《わら》った。

「いい方法があるわ」

「？　いい方法……おい、三ノ宮？」

「じっとしていて」

顕嗣が驚きの声をあげるより先に、玲はするりとソファからすべり降り、床に膝《ひざ》をついていた。ほっそりした指先がすでにベルトのバックルを外し、ファスナーを下ろそうとしている。

「おい……何を、三ノ宮……う、っ……」

反応するいとまもなく萎《な》えたままのものを、オレンジの口紅に彩られた唇に躊躇《ちゅうちょ》なく含まれて、顕嗣は思わず呻《うめ》き声をもらしていた。弾力のある唇が、そして熱を帯びた舌が、顕嗣のペニスにからみつき、しごきたて、悦楽を誘う。

「三ノ宮……よせ——……おい」

「いいから。私に任せて。あなたは快楽をむさぼればいいのよ」

一度唇を放して顕嗣を見上げ、玲は嫣然《えんぜん》と微笑んだ。

「雇い主のストレスを逃がすこと——これも秘書の役目のひとつよ」

そう言って、再び顕嗣の股間《こかん》に顔を伏せる。先端を舌先でつつくように愛撫《あいぶ》され、根本

から大きく唇にしごかれて、背筋が震える。

股間に血液が集まってきていた。

「三ノ宮——……」

「大きくなってきたわ。……すてき。気持ちよくなって？」

含み笑いをもらして、玲はさらに喉《のど》深くへ顕嗣のものを迎え入れる。

「ぅ、っ……」

柔らかな粘膜に敏感な場所をこすられて、思わず顕嗣は腰を浮かせた。


丁寧に最後の一滴まで、顕嗣の放ったものを己れの唇で始末した玲は、最後に丁重な手つきで顕嗣の分身を下着に戻し、ファスナーとベルトをもとどおりにした。それから顔をあげて、にこりと笑む。

「少しは——気が晴れたかしら？」

「……たいした女だ、きみは」

「ほめていただいたと思っておくわ」

立ち上がって、玲はいくらか乱れた衣服を直す。

「ストレスは、吐き出してしまうのがいちばん簡単よ。いつでもおっしゃって。お手伝いしますから」

苦笑するほかになかった。

顕嗣も決して、女遊びもしたことがないような純情な童貞ではない。それなりのがまんはできる程度の自負は持っていた。

だが——玲の愛撫は信じられないほど巧みだった。顕嗣は完全に翻弄《ほんろう》され、蠕動《ぜんどう》する粘膜と巧妙にうごめく舌先とに促されるまま、あっという間に射精へと導かれてしまった。

しかし一方で、たしかに彼女の言うとおり、精を放ったことで何がしかのカタルシスを得たことは事実だった。さっきまでの苛立った気分はあらかた失せている。

「……………その時は世話になろう」

「ええ、いつでも。……ほかにご用はあるかしら？　なければ私は仕事に戻りますけど」

「ああ——もういい。ありがとう」

先ほどもれ聞いた小夜と茜の会話を話して聞かせ、玲の意見を聞いてみようと思っていたのだが——もう少し、娘たちの人間関係を調べてみようと今は考えていた。小夜は茜にあまりいい感情を持っていないようだが、ほかの娘たちとの間にも、そうした反目などがあったかもしれない。

「きみはじつに有能だよ」

「光栄ですわ」

いくらか口紅の落ちてしまった唇を笑ませて、玲はかるく一礼した。

書斎をあとにし、顗嗣はあらためてさっきのぼってきた階段を降りる。

と、ばたん！と大きな音がして、居間から憤然とした様子で小夜が勢いよく飛び出してきた。

「な――」

「きゃ……！」

あやうく顗嗣に激突しそうになってバランスを崩した小夜を、半ば反射で顗嗣は抱きとめた。小夜の手をとって、あらためて立たせてやる。

細かな傷に覆われた指先に、視線が向いた。

「あ――……！」

はっと顔をこわばらせた小夜が顗嗣の手から自分の手をもぎとるようにして、背後に隠す。

「申し訳……ありませんでした」

「けがはしなかったか」

「はい……。ありがとうございます」

表情をこわばらせたまま、小夜は顕嗣から顔をそむけて一礼する。

「私、仕事がありますので」

早口にそう言って、小夜はまるで逃げるように廊下を小走りに去っていった。

その背を見送って、顕嗣は眉を寄せる。

やはりなにか——小夜には後ろ暗いところがあるのだろうか。

しかし、小夜はいったいなぜ、居間から走り出て来たのだろうか。そう思って顕嗣は小夜が飛び出してきた、居間に通じる扉を開いた。

「あ！　顕嗣サマだーー！」

舌足らずな明るい声が笑った。鞠だ。

「どーしたのぉ？　顕嗣サマ」

「今、小夜がここから飛び出してきたが」

「ああ、うん」

居間のソファに、およそ使用人らしからぬ様子で膝を抱えて座っていた鞠はけらけらと笑って頷く。

「今までいたよ、小夜チャン」

「何か話でもしていたのか。……あまり平和的な雰囲気ではなかったようだが」

小夜が飛び出してきた時の勢いから推測してそう言うと、鞠はさらに声をあげて笑う。

「あはははは！　そのとーおりー。顗嗣サマ、すっごいねぇ、たんてーさん、なれるんじゃなーい？」

「茶化すな。何があったんだ？」

「んー？　べっつにー。たいしたことぢゃないよぉ？」

膝を抱えたまま体を揺らして、鞠は笑う。

「あたしに負っけたのさっっ」

「負けた？」

「そ。なーんかねぇ、キゲン悪くて、つっかかってくるから。いーまかしてやったの」

くす、と鞠は笑った。唇の端だけを持ち上げたその笑みにはひどく底意地の悪いものが漂っている。

鞠は——時折、少し足りないのではないかと思ってしまうほど子供めいたところのある少女だ。言葉づかいも、子供っぽいというよりはたどたどしい。おそらく、あまり高い教育を受けていないのだろう。

天真爛漫《らんまん》な少女に見える鞠の、その笑みはいささかうそ寒いものを顗嗣に感じさせた。前の日、ひどく残忍な笑いを浮かべて琴美をなぶっていた時の表情が脳裏に甦る。

顗嗣は、鞠のことはよくは知らない。琴美とともに、顔も素性も知らなかった娘だ。この家に雇い入れられているのだから身元はそれなりに確かなのだろうが——こんな表情を見せるからには、ただの明るい娘というわけではないのだろう。

「ケンカか」

「けんかだったら、もっとてってーてきにやってるよ」

くす、とまた鞠は笑った。頬《ほお》にできたえくぼに、陰惨な影が宿る。

「庶民のくせに、なんてゆってさ。どこで生まれてても、今ここのおうちのメイドなのは一緒ぢゃん、って言ったら逃げてったの」

どうやら、小夜と鞠との間には根の深い確執があるらしい。たしかに小夜はお嬢さま育ちだから、あきらかに上流階級の生まれではない鞠が同僚だということに屈辱を感じているのだろう。――あるいは先刻茜に意地の悪そうなことを言っていたのも、同根のことなのかもしれない。

「まあいいや、あたしが勝ったんだし。それよりね、ねーねー顕嗣サマ！」

ふいに鞠は今までの凄惨《せいさん》な表情を消して、ぴょんとソファから飛びおりた。顕嗣の傍らへ駆け寄ってきて、顕嗣の腕にぶらさがるようにする。

「ねえ？　あれ！」

「ん？」

たった今まで、ぞっとするような表情を見せられていたというのに、なぜかそうしてすり寄って来られると愛らしい小動物がまといついてきたように感じた。……この娘には、どこかそうした、獣めいたところがあるのかもしれない。

「なんだ」

「あれ！　あたしに使わせてくれない？」

そう言って鞠が指さしたものは、居間に置かれていたパソコンだった。

「あたしね、おべんきょしたいの。漢字とか。あれ使ったらおべんきょーできるんじゃないかなって思うんだけど、佐伯ちゃんはね、ダメってゆうの。顕嗣サマがいいよって言ってくれたら、佐伯ちゃんは文句ゆわないでしょ？」

にっこりと笑ってそう言った鞠を、顕嗣はいくらか複雑な気分で見やる。

鞠は平然としているが――琴美が殺されたのはたった今朝のことだ。

この娘にとっては、同僚の死など、その程度のものにすぎないのだろうか。朝、琴美の死を知らせた時にもあまり興味のなさそうな表情をしていた。

「おまえはなんとも思ってないのか？　――琴美が死んだことを」

つい、詰問する口調になっていた。ちらりと顕嗣を見上げた鞠の表情から、すっと笑みが消える。

「べつに……平気なわけぢゃないよ。どうせ人間なんていつかは死ぬんだけど、……でもやっぱ、殺されるとかはね」

唇を尖らせて、ぽつりとそう言った横顔はひどくさみしそうだった。さっきまで、はじけるような笑顔を見せていた少女とはまるで別人だ。あまりにも極端に変化する表情に、顗嗣はかるい戸惑いを覚えて鞠の横顔を見つめた。

鞠は、ショックをこらえて懸命に明るさを装っていたのか。無神経だったのは、むしろ顗嗣のほうかもしれない。

「…………いいぞ」

半ば罪滅ぼしのような気分も手伝って、顗嗣は頷いた。実際、鞠にはもう少し教育が必要だろう。本人がやりたいと意欲を持っているのなら、阻《はば》む理由はない。

「起動などの操作方法は佐伯に教えてもらえ。俺が許可したといってな」

「ほんと？　いいの？　やったあーっ。ありがとう顗嗣サマ！」

たった今のひどくさみしげな表情がまるで幻覚だったかのように、鞠は一瞬にして満開の笑顔になった。

さっそく佐伯を探してくると言って居間を飛び出していった鞠を見送って、顗嗣は首をひねる。

どうにも、よくわからない娘だ――。

その晩遅く、顗嗣の部屋へやってきた佐伯は珍しく辟易《へきえき》した表情をしていた。どうやら夕食をはさんでつい今しがたまで、鞠にパソコンを教えさせられていたらしい。

「使用人のわがままをいちいち聞いてやっていては示しがつきませんぞ」

「やらせておけ。うちの使用人でいるのも、あとしばらくの間だ」

取り合わず、かえってそう言った顕嗣に佐伯は何か言いたげな顔をした。だがそれは差し出口だということも了解しているらしく、表情を繕って顔をあげる。

「今宵《こよい》のご奉仕には——どの者を伺わせましょうか」

いくらか、顕嗣は眉をしかめた。こんな夜にまで——習慣を変えないつもりなのか。

だが一方で、昼間の玲との件もある。気分転換は、顕嗣にも必要かもしれない。

「……では小夜を」

鞠は、先刻までパソコンと格闘していたのなら疲れきっているだろう。そして、茜には——できることなら、こういう形で触れたくはなかった。琴美はすでにいない。

消去法で顕嗣は小夜を選んだのであったが、佐伯がさがっていって、昨夜琴美を呼んだ時とは比べ物にならない早さで、小夜は顕嗣の部屋の扉をノックした。

「顕嗣さま……！」

部屋へ入るなり、小夜は顕嗣に駆け寄ってきて、そして両腕を顕嗣に投げかけて抱きついてきた。

「嬉《うれ》しい！　やっと呼んでくださったのね！」

「小夜——……？」

弾力のある乳房が胸板に押しつけられてくる。その先端にはかたいしこりがあり、小夜はそれを服ごしに顕嗣の胸にこすりつけるようにした。

「待ってたわ。信じてたの。絶対、顕嗣さまはわたしを選んでくださる、って——」

見上げてきた小夜の瞳はすでに潤んでいた。顕嗣の足に己れの脚をからめ、太股《ふともも》にスカートの上から恥丘を押しつけてきて、誘うように腰をくねらせる。

「ね、顕嗣さま——……早く……」

囁《ささや》いて、小夜は顕嗣の肩に頭を預ける。

あまりにも露骨な態度にいくらか不審を覚えながら、顕嗣は片手を小夜のスカートにくぐらせた。すべすべした太股をたどっていくと、小夜が脚を開いて、奥へと顕嗣の指を誘う。その場所はスカートの下で剥《む》き出しにされていたことに、顕嗣は気づいた。

小夜は下着をつけずに、顕嗣の部屋へやってきたのだ。

「あ……、ぅん………」

控え目な恥毛をかきわけ、クレヴァスのあわいへと指をもぐりこませると、小夜はぶるっと全身を震わせて鼻にかかった声をもらした。ぬめりとした大量の粘液が顕嗣の指をひたす。

「ぁあ……っ……——顕嗣、さま……もっと、さわって………もっといじって。あなたにしてほしくて、こんなになってるの……」

湿った吐息をもらして、小夜は顕嗣の指に自分の秘肉をすりつけるように腰を揺らす。

その淫奔《いんぽん》な態度に、顕嗣は強い不快感をおぼえた。

小夜は――毅然《きぜん》とした、誇り高く気品にあふれた社長令嬢だった。

その小夜をここまでの淫婦にしたのは……あの男なのか。

「そうやって、親父《おやじ》にも鼻声で甘えてケツを振ってたのか」

「え――……あっ！」

手荒くベッドへ突き飛ばすと、小夜はちいさな悲鳴をあげた。倒れ込んだ小夜に背後からのしかかり、顕嗣はひきちぎるように小夜から服をはぎとっていく。

「そうなんだろう。なんだ、この汁は。下着もつけないで、俺に触れられる前からびしょびしょにしてるのは親父に開発されたからだろう！」

強い憤りが顕嗣を支配していた。押さえつけた小夜の手首をひとまとめにしてくり合わせ、腰を引き上げて愛液でどろどろになった場所を乱暴に押し開く。

「ひぁ……っ！」

ぷっくらと充血して包皮から花芯《かしん》の先端をのぞかせていたクリトリスを無情に指でつねりあげると、小夜はひきつれた悲鳴をあげた。

「やっ、いやっ……！　だ、だめ、そんなに強くしないで！　痛い！　痛いわ！」

「うるさい」

鋭く罵声《ばせい》を投げて、顕嗣は指の間で小夜の肉芽をぐりぐりとこねる。

「どうせこんなことをされてもおまえは感じるんだろう。どうだ！」

「あっ、いやっ、いたっ……………くっ、ぁ——……ひっ！」

力をこめたままクリトリスをすりつぶすように指でねじると小夜はぴくぴくと全身を震わせて悲鳴をあげた。しかし、喉に詰まらせた声の奥にひそんだ響きは、完全にはその手荒な行為を拒絶しようとはしていなかった。

「あっ、あぁ……っ！　い、痛いわ、やめ……ふあぁっ！」

こぷり、とわきあがってきた新たな蜜《みつ》が顕嗣の指を濡らす。

「ひッ——……い、いや、あ——……あ、あ、あ——……い、いい……っ」

ひくひくと痙攣《けいれん》しながら、小夜は喘《あえ》ぎ、呼吸を弾《はず》ませて自ら腰をくねらせはじめる。痛みに感覚が慣れて、その奥から新たな快楽がわきあがってきたのだ。

「ち——」

舌打ちがもれた。苛立ちのままに顕嗣は自らの前を開き、小夜の声に昂《たか》ぶって反応していた自らの性器をつかみ出す。

「おまえのような女は——こうしてやる！」

「ふあぁぁっっ！　あ、っ、ああっ！　は、入って……くるぅ………っ！」

手首を縛られてうつ伏せにされた不自由な体勢のまま、小夜はしかし艶《つや》めいた声を迸《ほとばし》らせて首をのけぞらせた。

「あっ、あぁん……っ！　あ、顗嗣さま……顗嗣、さま……顗嗣さまのが………あっ、ああ、い……いい――……す、すごくいいぃ……」

すでにたっぷりと潤っていた場所は、なんの抵抗もなく根本まで顗嗣を受け入れた。狭すぎはしない秘洞がすっぽりと顗嗣を包み込み、熱く、そして情熱的にしめつけてくる。

「親父にもこうしてつっこまれて腰を振ってたのか」

ぐいぐいと抽挿《ちゅうそう》しながら罵《ののし》ると、小夜は長い髪を振り乱して頭を振った。

「だ、って……それは、お仕事なんだもの……――いつも、……顗嗣さまにされてるんだって想像しなが、ら……これが顗嗣さまだったら、って……あっ、そ、そこ――……そこ感じるの、もっとこすって……っ」

「嘘をつくな」

「う、嘘じゃないわ……顗嗣さまのことしか、わたし、考えたことない………顗嗣さまだから濡れるの、顗嗣さまだと思うから、感じたの――……ぁ、あ――うれ、し……やっと、やっと顗嗣さまに、あ、あああっ……！」

こみあげてくる快楽に声を途切らせながら、小夜はそう呟き、不自由な体勢のまま積極的に腰を使う。からみつき、よじれてまといついてくる肉襞が収縮して、急速に顗嗣の感

覚を高めていく。

「親父よりいいか」

「いい、いいいわ、ぜんぜんちがう……顕嗣さまのほうが好き、顕嗣さまのほうが気持ちいい！　もっと、ねえもっと……！　して、もっとしてっ！　めちゃくちゃにしてぇっ」

「く——……っ」

激しく小夜が腰を使い、こみあげくる感覚に顕嗣は呻いた。小夜の腰をつかんで深々とえぐる。

「ふあああぁぁっ！　い、いいいっ、いっちゃうっ、もういっちゃうぅーーっっ！　ああぁーーーーぁぁあっっっ！」

激しい声を迸らせて小夜は全身をつっぱらせ、そしてがくがくと震えて絶頂を迎えた。強く収縮した肉襞にからめとられて、熱い衝撃が尿道を駆け抜ける。

「あっ、出てる、出して、もっと……いっぱい出してぇ……っ！」

顕嗣のペニスがひくつくのを感じて小夜はそう叫び、そしていっそう獣じみた声を迸らせて再び絶頂へとかけのぼっていった。

第三章　4日め

寝つけなくて、顗嗣はベッドの上に起き上がった。ベッドを降り、ガウンを羽織る。

カーテンをすこし持ち上げてみると、雪はまだやむ気配を見せていない。朝がたはいくらか小やみになっているように思えたが、雪の勢いはまた強くなっていた。

吐息がこぼれた。

(顗嗣、さま……)

深い愉悦にまだ半ば放心したままの、小夜が先刻呟《つぶや》いた言葉。

(わたしよね。わたしを選んでくださるわよね………絶対、奥さまにしてね……)

選ぶ——というのはどういうことだろうか。しかも妻に、など。

夜の相手に選ばれることがなぜ、そんな言葉につながるのか。

まさかとは思うが、弓三郎は娘たちにそんな約束でも与えていたというのか。弓三郎に性玩具として仕えれば、いずれ顗嗣の妻にしてやる、とでも——。

苦い舌打ちがもれた。

顗嗣は、弓三郎の所有物ではない。妻を誰にするかを、あんな男に決められてたまるものか。

だが一方で——あの男ならやりかねない、とも思った。

自分の妻を虜囚同然に扱って、死にまで追いやった男だ。そのくらいのことは平気で考えるだろう。

そして。誰が顕嗣の妻になるのかで、水面下でメイドたちの間に確執があったのだとしたら。

昨晩、顕嗣の部屋に呼ばれた琴美が殺されたのは――……。


眠れないまま、時は過ぎていった。自然に睡魔が訪れるのを待つことを諦《あきら》め、顕嗣は寝酒でも探しにいこうと部屋を出た。

「…………ぅ……」

かすかな、声のようなものが、顕嗣の足をとめさせた。ぎくりとして、顕嗣は声の出どころを探す。どうやら、メイドたちの部屋のほうだが――……まさか、また。

足音を殺して、顕嗣は声のしたほうへと向かった。

まだ灯りのついていた部屋は、一つだけだった。

そっとドアノブに手をかけ、顕嗣は音をたてないようにごく細く、戸をあけて中をのぞきこむ。

「い、いや……お願い…………やめ、て……」

今にも泣き出しそうな茜の声が、懸命な哀願の響きを帯びてそう呟いたのが聞こえた。

「やめて、なんて言うわりに、ずいぶんと感じているじゃない」

意地悪く冷えた声でそう言って、茜の股間《こかん》をなぶっていた手をさらにうごめかせたのは小夜だった。小夜に抱きすくめられて自由を奪われていた茜が、ぴくん、と細い喉《のど》をそらせる。

「ぁっ……ぅ、い、いや………」

「素直じゃないわね。こんなにしているくせに」

「いや、だめ――……い、言わない、で……」

無理じいに広げさせられた茜の太股《ふともも》がひくっと震える。小夜の指先に、ぽつりと勃《た》ち上がった乳首をいじられ、嗚咽《おえつ》のような声をもらして身を硬くした。

「ほんとうにいやならこんなに濡れたりなんかしないはずだわ。違うかしら？」

二本の指の間に茜のクリトリスを包皮ごととらえて、小夜は円を描くように手全体を動かす。

「うぐっ……！　あっ、だ、だめ………」

弱々しく喘《あえ》いで、茜は懸命にかぶりを振った。

「お、お願い……さ、さわら、ない、で……だめ、ぇ……」

「ほんとうはしてほしいくせに」

侮蔑《ぶべつ》のしたたるような声で、小夜は吐き捨てる。

「ほんとうに――いやらしい女！　ほんとうはこうやって感じさせてくれるなら、誰にだって脚を大きく開くくせに。顕嗣さまに色目を使うなんて身のほど知らずも甚《はなは》だしいわ」

「う、く……」

小夜の責めからのがれようとしているのか、それとも――無意識のうちにより強烈な快楽をねだっているのか、茜は弱々しくもがいた。

「わ、わたし……。わたし、そんなこと、望んでなんか、……いま、せ……――あっ！」

「なんて白々しいことを。嘘《うそ》をおっしゃい。顕嗣さまにあんな媚《こ》びてみせてるくせに」

「そんなこと、して、な――ふぁっ！」

「あら、またおつゆが出てきたわよ？　ほんとうに――淫乱《いんらん》なんだから」

「い、いや……やめ、て……もう――……」

「だめよ。認めなさい。わたしは、いやらしいことをしてもらうのが大好きなだけの、淫乱なメス豚です、顕嗣さまじゃなくたって、誰だっていいんです、顕嗣さまにご寵愛《ちょうあい》していただこうなんて身のほど知らずな考えは二度と持ちません、って――誓いなさい！　誓って、いかせてください、もっといやらしくいじってくださいって、そう言うのよ」

「…………っ、……そん、な――……そんなこと……ぁあっ！」

小夜の指が二本、茜の最も奥まった場所にずぶりともぐりこんだ。敏感な肉襞を刺激されているのか、茜はいっそう苦しげに、しかし疑いようもなく興奮した声で喘ぐ。

「お、お願い……お願いだから、もう……許してください…………。わ、わたし……わたし野望なんか、持っていません……顕嗣さまにつりあうなんて、思って……いません」

「じゃあ認めるのね？　気持ちいいわね！」

「……う、っ…………」

ぽろりと、茜の目尻から涙がこぼれて、落ちた。

「は、い…………」

ほとんど聞こえないほどの声で、茜は呟いた。

「気持ち、いい……です。わたし……わたしは……顕嗣さまになんてとても、つりあわ、ない……いやらしい、娘…………です――……。身のほど知らずの考えなんて……持ち、ません……持ちませんから――……もう、もう許して…………」

やりきれない思いで、顕嗣はその光景から目をそらした。茜の細い嗚咽から顔をそむけて、その場をあとにする。

これ以上は、もう――見ていられなかった。

かといってあの場に踏み込んで小夜をとめるわけにもいかなかった。そんな恥辱を、これ以上茜に味あわせるわけにはいかない。

小夜が茜にいい感情を持っていないのは、そして鞠ともどうやら反目しているらしいのはやはり、顕嗣を彼女らと張り合ってのことなのだ。ここであからさまに茜をかばえば、小夜はいっそう嫉妬《しっと》して茜につらくあたるだろう。

顕嗣にできることは、その場を立ち去ること——ただそれだけだった。


寝酒を楽しもうという意欲も失せ、部屋へ戻った顕嗣は現実から逃げるようにベッドにもぐりこみ、無理強《むりじ》いに自分を眠りの淵《ふち》に落とし込んだ。朝になって佐伯が起こしにやってきたが、やりきれない気分が胸の奥には消えずにわだかまっていた。

料理を味わう気にもなれずただ機械的に食事を胃に押し込み、早々に顕嗣は食卓を立った。階上へあがり、そして弓三郎の居室に入った。ここはたしか、死んだ琴美が時間のほとんどを過ごしていた場所だ。ほかの娘たちがもっとも近寄らない場所だろう。

部屋に入り、扉を閉めて、顕嗣はふと、花瓶に活《い》けられていた椿《つばき》の花が机に落ちていることに気づいた。

(椿は……旦那《だんな》さまがいちばん愛しておられた花でした…………)

弓三郎を悼んで、琴美は屋敷のあちこちにこの花を活けていると言っていた。担当であった琴美が死んで水をかえる者も、そして新たな花と取り替える者もなく——どうやら椿は寿命を迎えたらしい。

毒々しい赤い花弁をつけた花が、萼《がく》の根本から、ぼとりと机に散っていた。

そういえば、椿は花弁が散るのではなく花全体が落ちて散る。その様子をさして落頭花と言うのだったと、顕嗣ははるか過去に何かの授業で教えられた知識を思い出した。

徐々に散っていくのではなく、一気に頭を打ち落とされたように死を迎える花。

寿命を待たずに命を絶たれた娘への手向けには——……たしかに、ふさわしい花だ。

落頭した椿の赤がひどく生々しく血糊《ちのり》を連想させて、顕嗣は机から目をそらす。

その視野にうつったものに、顕嗣はふと違和感を感じた。

(なんだ……——?)

壁面には、書棚がつくりつけにされていた。書斎にも大量の蔵書があったが、こちらはもう少しパーソナルな書籍や書類が並べられているようだ。

首を傾げてあらためて棚に並ぶ本をじっくりと見つめ、そして顕嗣は違和感の原因を理解した。

棚の一つに、同じデザインの、大判の帳面のようなものが並べられていた。背表紙には番号が振ってある。

「1」からきちんと番号順に並べられた背表紙の番号が、一つだけ、抜けていた。

抜けているのはだいぶ若い番号だった。けげんな思いに首を傾げながら、顕嗣は適当な一冊を抜きとって、そして広げてみた。

日付と、そして簡単な行動記録。食事の内容。

どうやら——これは弓三郎の日記らしい。日付の印刷された日記帳ではなく、革装丁のノートのようなものだ。

何枚かページをめくってみたが、書かれているのは、誰と会食をしたとか、どの部下と打ち合わせをもったとか、そうした客観的な事実がほとんどだった。料理がうまかったとか何かを考えたとか、そうしたことはいっさい記されていない。

あの男らしいことだ。

苦笑して顕嗣は日記帳を棚に戻し、抜けた番号の次の日記帳を手にとってみた。開いて最初のページの日付を確認し、その一冊前——正確には二冊前の日記帳も開いてみる。

眉《まゆ》が寄った。

前の日記帳とあとの日記帳とを比べれば、抜けている日記帳がいつのものかはわかる。

書斎から欠けていたのは——ちょうど、顕嗣が誕生した前後の時期を記録したものだった。

なにか——……意味のあることなのだろうか。あるいはそこに、弓三郎が妻と息子を疎《うと》んじるにいたった経緯でも、書き込まれていたのではないだろうか。

番号が抜けているということは、その日記帳は存在しているということだ。顕嗣が生まれる前から、この屋敷はここにあった。引っ越しの際などにどこかに取り紛れて紛失してしまったというようなことは起こり得ない。

記憶をたどってみる。

数日前、ここで琴美の姿を見つけて言葉を交わした時にも、顕嗣はざっと書棚を見舞わしはした。だがこの番号の日記帳が欠けていたのかどうか——さぐっても記憶の中からは是とも否とも答えは見つからない。

もし、あの時には日記は存在していて、今は消えているのだとしたら、それは琴美を殺害した犯人の手がかりになるかもしれないのだが——。

しばらくの間、顕嗣はその場に立ち尽くして考えこんでいた。

今、彼は棚をなにげなく見やって、番号が抜けていることに違和感を感じた。

だがいつでも必ず、そう感じるとは限らない。先日この棚を見た時に違和感を感じなかったからといって、その時には番号の抜けはなかったとは、断言はできない。はっきりと番号がすべて揃《そろ》っていることを確かめたのでもない限り。

そして明らかに、顕嗣はそれは、していなかった。

何かの手がかりになるかもしれないと思いはしたが、日記が消えたのがいつのことなのかわからないのでは話にならない。

もしや——メイドたちの誰かは知らないだろうか。この部屋は主に琴美が管理していたようだが、彼女たちとてまったくこの部屋に入ったことがないわけではないだろう。

メイドたちの姿を探して、顗嗣は弓三郎の部屋を出た。

「あ——……顗嗣サマだ！」

居間をのぞくと、昨日使ってもいいと許可を与えたパソコンの前にいた鞠がふり返って笑顔になった。手を振った鞠に微笑を返して、顗嗣は鞠のほうへ近づいていく。

「どうだ、パソコンは。おもしろいか」

「うん！　あたしね、ワープロちょっとできるようになったんだよ」

「そうか……それはよかったな」

パソコンには旧式のプリンターが接続されてあった。鞠は何枚もプリントアウトをしているらしく、床のあちこちに用紙が散らばっている。

「なあ、鞠」

「うん？　なあに？」

「おまえ、親父《おやじ》の部屋の棚を覚えてるか。日記帳があったはずなんだが。背表紙に、連番で番号がふられている」

「にっきちょー？」

きょとんとして、鞠は首を傾げた。

「なあに？　それ。あたし知らないよ？」

「知らないか。見たことは？」

「ないよー。旦那サマのお部屋は、夜中しか入ったことないから、暗くて見えないし。昼間は琴美チャンがずっと旦那サマのお茶の相手とかしてたからね」

顕嗣は頷《うなず》いた。鞠の返答は明快で、顕嗣を煙に巻こうという意図も感じられなかった。

夜中に、というのは――例の奉仕に呼ばれた時、という意味なのだろうが。

ということは逆に、琴美はあの部屋のことをすみずみまで知っていたということだ。もしかして、琴美が殺されたのは、それに関係があるのだろうか。日記帳がなくなっても、琴美が生きていなければ誰にもそれはわからないという理由で――。

「ねえねえ顕嗣サマ！　顕嗣サマの名前ってどー書くの？」

思索を、鞠の明るい声が吹き飛ばした。現実に引き戻されて鞠を見やると、鞠は半端に二つ折りにされたプリントアウト用紙とペンとを顕嗣に向かってさし出していた。

「ねえ？　ここに名前書いて？　顕嗣サマの名前！　あたし、字探すから」

「…………ああ、いいぞ」

「あ、ちがう！　そこじゃないよ！　ここに書いて！」

折られた用紙の裏に名前を書いてやろうとした顕嗣を鞠は意外なほどの大声で遮って、折られた用紙のいちばん下にはみ出すようにして残っていた余白の部分を指さした。

「？　……別にかまわんが。ここか」

「そう、そこ！　そこに書いて！　ちゃんとみょーじもね！」

「わかったわかった」

使用人を増長させるなと昨夜佐伯に意見されたばかりだが――頼まれた名前を書く場所を指図されたくらいで怒りを感じたりはしない。顗嗣は言われたとおりの場所に名前を書いてやり、そしてふと、首を傾げた。

二つ折りにされた用紙の一番上。折られたせいで逆さになった、しかし強調のかけられた大きな文字は紙の裏にまですけて見えていた。

その文字は――『遺言状』と読めた。

「あ――ダメだよ、見ちゃ！」

顗嗣が首を傾げたのを見てとったのか、鞠は手荒な手つきで顗嗣の手からその紙をひったくった。

「中は見ちゃダメ！　あたしの夢のかけらなんだから！」

「……夢？　どういうことだ」

「夢のかけらが書いてあるの。だからだめなんだよ、見ちゃ」

よくわからなかった。どうも鞠の論理は顗嗣には理解しにくい。

「おまえには夢があるのか」

「あるよ」

にっこり笑って、鞠は頷いた。明るい笑みに、顗嗣も笑みを誘われる。

「どんな夢だ」

「えー？　それはナイショだよ！　人にゆったらかなわなくなっちゃう」

「……そうか」

今の顕嗣には、不要な金が腐るほどある。鞠の夢が金で買えるものなら、どうせ捨てる金なのだ、買い与えてやってもいいかと思ったのだが、鞠が教えたくないと言うのなら無理に聞き出してかなえてやる義理も顕嗣にはない。

「なら聞かないでおこう」

「うん。ありがと、顕嗣サマ」

「だが一つだけ訊《き》いてもいいか」

「……？　なーに？」

「その夢は、かないそうなのか？」

「かなうよ」

きっぱりと、鞠は頷いた。

「あたしがね——絶対こうするんだ！　って決めたことはね、絶対かなうの。だからこの夢もかなうよ。……もうすぐね」

やけに自信に満ちた口調だ。——……そうやって自分に言い聞かせているのだろうか。

笑んで、顕嗣は頷いた。

「そうか。早くかなうといいな」

「うん」

こっくりと鞠は頷き、顕嗣は鞠に笑いかけてやって居間をあとにした。鞠は弓三郎の部屋には寄りつかなかったと言っていたが、小夜と茜が同様だったかどうかはわからない。二人にも話を聞いてみるべきだろう。

茜はきっと厨房《ちゅうぼう》だろう。問題は小夜がどこにいるかだが——。

「いい加減にしてちょうだい！」

小夜の金切り声が響いて、顕嗣に答えは食堂だと教えた。


食堂をのぞきこむと、小夜は細い眉を険しく吊《つ》り上げていた。

「いやよ！　絶っっ対に、いやっ！」

「小夜くん——！」

小夜に睨《にら》みつけられて渋面をつくっていたのは、佐伯だった。

「きみは自分の仕事をなんだと思っているんだ。そもそも——」

「いやって言ったら、イヤ！　ふざけないでよ！」

「どうした」

あまりに険悪な雰囲気に、顕嗣は思わず二人の間に割って入った。

「なんの騒ぎだ」

「ああ――……顕嗣様」

主人に一礼して、佐伯は困ったようにちらりと小夜を見る。

「じつは……」

「顕嗣さま！　佐伯ったら、ひどいのよ！」

佐伯の説明がはじまるよりも早く小夜が駆け寄ってきて、顕嗣を自分の側に引き寄せるように顕嗣の腕に自分の腕を巻きつけた。

「ねえ、聞いて！　佐伯がね、わざとわたしにつらい仕事を押しつけようとするの！　ひどいと思わない？　お屋敷じゅうの銀食器を磨け、っていうのよ！　冗談じゃないわ！」

「食器を磨くのが冗談じゃないことか？」

いくらか眉をひそめて、顕嗣は小夜を見下ろした。

「銀はきちんと磨いてやらないとすぐに黒ずんで使い物にならなくなる。使用人として、銀食器を磨いておくのは必要なことだろう」

「それはそうだけど。でもわたし、おとといも佐伯に言われて同じことをしたのよ。半日かけて食器を全部磨いたわ！　いつもは月に一度のことなのに、どうして今回に限ってわざとわたしの指をぼろぼろにするようなことをさせるの？　ひどいじゃない！」

「指……？」

首を傾げた顕嗣に、小夜ははっとしたように目をそらした。

「あ、あの…………銀磨きの溶剤って、すごく、手が荒れるの。指先がひび割れてしまって……痛いし、とてもみっともなくなるの。わたし……そんなみっともない手、顕嗣さまに見られたくない――……」

眉を寄せて、屈辱に耐えているように言葉を絞り出した小夜を、顕嗣は見下ろした。

「もしかして――昨日、手が傷だらけだったのはそのせいか？　俺の目から手を隠そうとしていたようだったが」

「あ――……」

小夜の頬《ほお》に朱が散った。泣き出しそうに顔を歪《ゆが》める。

「……気が、ついてたの？　見てしまっていたの？　あんな……あんなに汚くなってしまっていたわたしの手………」

見る間に、小夜の瞳《ひとみ》に大粒の涙が盛り上がってきた。

「ひどい…………！」

ぽろっと、涙が落ちた。ぽろぽろと涙を落としながら、きっと佐伯を睨みつける。

「……――おまえのせいだわ！　おまえが――……顕嗣さまがお屋敷にいらっしゃるのにわたしに銀磨きなんかさせるから！　わたしになんの恨みがあるのよ！　そんなにわたし

に恥をかかせるのが嬉《うれ》しいの？　許さない……絶対に許さないっ！」

「小夜――……」

両手で顔を覆って、わっと泣き出してしまった小夜に困惑して、顕嗣は思わず小夜の肩を抱き寄せた。はじかれたように顕嗣にしがみついて、小夜がいっそう声をあげて泣く。

「ひどい……ひどい！　こんなみっともない手、顕嗣さまに見られたなんて………わたしもう死んでしまいたい――！」

「落ち着け、小夜」

小夜の背をさすってなだめてやりながら、顕嗣は痛ましさに眉を寄せた。

令嬢育ちの小夜にとって、手が荒れるというのは何よりも屈辱的な、没落の象徴なのだろう。まして顕嗣の妻に選ばれたいと思っているのだ。まるで召し使いのように手を荒らしていては顕嗣に軽蔑《けいべつ》され、選んでもらえなくなると思っているのだろう。

「大丈夫だ。おまえの手が荒れていても、俺は気にしない」

「いやよ――わたしがいや！　こんな屈辱……もう生きていられない……！」

「小夜。いい加減にしろ。俺がいいと言ってるんだ」

「あ――……！」

まだひび割れの残る小夜の手をつかんで、自分の唇に含むと、小夜がちいさな声をあげてびくりと身をすくませた。驚きに目を見開いてまじまじと彼を見つめる小夜の瞳を見据えたまま、顕嗣は小夜の荒れた指先を丹念にしゃぶり、舌で慰撫《いぶ》してやる。

「……心配するな。そんなことでおまえを嫌ったり、さげすんだりはしない」

「顕嗣、さま………」

驚きに一度はとまった涙が、またあらたに小夜の瞳を濡らした。

「……あり、がとう……――」

震える声で呟き、うつむいてしゃくりあげる小夜の背を、顕嗣はあらためて抱いた。

「もう泣くな。今日は、銀磨きはしなくていい。だが、それもおまえの仕事だ。次に佐伯がそうしろと言った時にはちゃんと従うんだぞ。いいな」

「………は、い――」

まるで幼女のように、こくりと、小夜はちいさく頷いた。頬に残る涙のあとを指で拭《ぬぐ》ってやり、顕嗣は小夜に笑いかけてやる。

「今日は休んでいい。部屋に戻って、すこし気持ちを落ち着けろ」

「……はい、顕嗣さま」

もうひとつ、こくりと頷いて、小夜はぺこりと頭を下げ、そしておとなしく食堂を出ていった。見送って、小夜の姿が見えなくなってから、顕嗣は大きく息をつく。

「顕嗣様――……」

佐伯の呼んだ声に、苦笑を返した。

「災難だったな」

「いえ、とんでもない。お手数をおかけいたしました。どうもこのごろ神経を尖《とが》らせているようでしたので、単調な作業をすることで少し気が鎮まるかと思ったのですが、……かえって逆効果でございました」

「時にはそういうこともあるさ」

「お恥ずかしゅうございます。わたくしのほうが、小夜を監督して長うございますのに。お見事でございました」

「たいしたことはしていない。おまえも仕事に戻れ」

「は──……」

佐伯は深く一礼し、顕嗣は佐伯をその場に残して食堂を出た。


厨房をのぞきこむと、思ったとおり、茜はそこにいた。テーブルの前の椅子《いす》に身を沈めて、ひどく悄然《しょうぜん》とした様子でうつむいている。

「茜。どうした」

「え──……あ！　顕嗣さま……」

はっと顔をあげた茜は、顕嗣の視線に狼狽《ろうばい》したように目をそらした。

「い、いいえ……なんでも。なんでもありません」

まるで自分に言い聞かせているかのように強くかぶりを振る。と――かえってそのせいで気持ちがたかぶったのか、ぽろっと、茜の瞳から涙が落ちた。

「茜」

「なんでもないの！　……だいじょうぶ、だから………」

顕嗣から顔をそむけて、茜は手の甲を口元に押し当てた。細い肩が震えて、懸命にこらえた嗚咽をこぼす。

ふいに胸にわきあがってきた衝動が、顕嗣を動かした。

「え――……？」

背後から抱きしめられて、茜が全身を硬くした。

「泣くな、茜……」

茜を抱く腕に力をこめて、顕嗣は囁《ささや》いた。

茜の泣き顔を見た瞬間――どうしようもないほどのいとおしさが顕嗣をとらえた。

「俺がいる。ここにいる。俺が守ってやる。だから――……泣くな」

それは、泣きじゃくる小夜を抱いてやった時とはまったくちがった感情だった。

茜が――いとおしい。

この娘を、あらゆる災厄から守ってやりたい。

ただその思いだけが、顕嗣を満たしていた。

「おにい、ちゃん………」

茜が涙声で呟く。

「そうだ——おにいちゃんだ。大丈夫だ、茜。俺が守ってやる」

「……あり、が、とう……」

茜の手が、顕嗣の腕に触れた。顕嗣の腕に頬をすり寄せるようにして、そしてちいさく頷く。

「ごめんなさい——……取り乱して。もう、大丈夫だから」

「小夜か。いじめられているのか」

「ううん——小夜さんは関係ない。ちょっと、考えごとをしてて、哀《かな》しくなっちゃっただけだから」

のぞきこむと、茜の涙はまだ完全にかわいてはいないようだったが、茜はほのかに幸福そうな笑みを浮かべていた。顕嗣の視線に気づいたのか、顕嗣をふり仰いで笑む。

「でも、おにいちゃんがいてくれるものね、わたしには。それで十分」

「………茜」

にこりと、茜は微笑《わら》った。

「さ、——わたし、お食事のしたく、しなくちゃ」

放してくれという言外の頼みに顕嗣は頷いて、腕の力をゆるめた。顕嗣の腕から抜け出して、茜は笑みを浮かべたまま冷蔵庫をあけて、のぞきこむ。

だが、その笑顔には――どこかつらそうな翳《かげ》がまだ残っていた。

「………うまい料理を期待してるよ」

かえって自分が、茜に気を遣わせているのだと悟って、顕嗣は茜に短い言葉を残し、厨房をあとにした。

部屋へ戻ろうと廊下を歩き出した時、がちゃん、となにかがこわれたような音が聞こえて、顕嗣は首を傾げた。どうやら――居間のようだが。

「おまえのせいか！」

居間の扉をあけようとした時、険しい叫び声が聞こえて、手がとまった。

これは――……鞠の声だ。

「おまえが――なんでおまえがあたしの邪魔をするんだよ！」

「……申し訳、ございません…………」

険しい、まるで癇癪《かんしゃく》持ちの女王のような鞠の昂《たか》ぶった声に答えを返したひくい男の声に顕嗣はいっそう愕然《がくぜん》と目を見開いた。

佐伯だった。

「申し訳ございませんだと？　ふざけるな！」

「は――……」

信じられない会話だった。佐伯が、まるで顕嗣に対するような口調と声音を、使用人であるはずの鞠に対して使っている――。

いったいこれは、どういうことだ。

居間に踏み込み、事情を問いただすことはためらわれた。二人を並べて詰問するより、佐伯が一人の時に話を聞くべきだろう。

それに――……この傲慢《ごうまん》そのものの声を発しているのが鞠だということが、顕嗣には大きな衝撃だった。たしかに、鞠にはかなり顕著な多面性があるらしいことは気づいていたが――これではまるで多重人格者だ。

いったい、佐伯と鞠の間には、どんな関係があるのだ。

ふと、顕嗣は廊下の反対側へ目をやった。

佐伯の部屋が、そちらのほうにはある。

母は生前、佐伯をとても頼りにしていた。佐伯の姿が見えないと屋敷じゅうを、佐伯の名を呼びながら探して歩くようなこともあった。父に見捨てられた顕嗣を、弓三郎にかわって見守り育ててくれたのも佐伯だ。

使用人ではあっても、佐伯はある意味で顕嗣の父親のような存在だった。

だから佐伯の部屋には今まで無断では立ち入らなかったのだが――今なら。

佐伯はここで、鞠の罵倒《ばとう》を受けている。この勢いならもうしばらくおさまることはないはずだ。

あるいは鞠と佐伯の関係のわかるようなものが、佐伯の部屋にはあるかもしれない。

顕嗣はその場を離れ、佐伯の部屋の扉を開いた。手早く、戸棚や引き出しの中をあらためていく。

「…………………」

引き出しの底からあらわれたそれを、顕嗣は信じられない思いで凝視していた。


「あれえー？　どーしたのー？　顕嗣サマ」

顕嗣の指名に応じて寝室へやってきた鞠はきょとんとして首を傾げた。

「なーんか、ごキゲンななめ？　ねえ？　……きゃんっ！」

無言で、顕嗣は鞠の腕をつかみ、放り投げるようにしてベッドに突き飛ばした。鞠がまん丸く目を見開く。

表情を歪めたまま、顕嗣はひとことも言葉を発さずに、鞠にのしかかっていった。

「ちょ、っとぉ――……顕嗣サマ？」

「黙れ」

吐き捨てて、鞠を睨みつける。鞠から衣服をはぎとり、そしてあまり大きくはない乳房をぐいとわしづかみにした。

「あんっ……――乱暴にしないでよぉ、痛いぢゃない」

「黙れと言ったはずだ」

じろりと睨みつけられて、鞠は首をすくめた。

「はぁーい……んっ、……あっ」

愛撫《あいぶ》と呼ぶにはほど遠い乱暴な手つきで乳房をこねられ、しかし鞠は感じてきたようだった。ちいさな声をもらして、眉を寄せる。

「んっ、あ――……ちょっと痛い、けど……こおゆうのも、悪くない、ね……」

「うるさい」

唸《うな》るように低く吐き出して、鞠の胸元に唇を寄せる。けし粒のようにぽつんと隆起した乳房の頂上を強く吸い上げ、舌で転がすと甘い震えが鞠の体を駆け抜けていった。

「ん、っ……あ、――……んん……ああ、濡れてきちゃう……――」

うっとりしたような声で鞠が呟く。手をのばして鞠の股間をさぐると、たしかに鞠の秘所はすでにしっとりと潤いはじめていた。子供っぽい外見と未発達な乳房に似合わない濃いめの恥毛が、顕嗣の指にからみつく。

「あっ……ふぅん――……」

潤いを指先にすくって秘肉に塗り広げ、刺激すると鞠は鼻にかかった声をあげて身をよじる。

「気持ちいい……——ねえ、顕嗣サマ、いいよもう、入れて——……」

顕嗣を押しのけるようにし、自分から、鞠は両脚を大きく広げて抱え、腰を浮かせるようにして誘った。濡れた、あわいピンクの粘膜が顕嗣の視界に大写しになる。

無言で顕嗣は怒張したものを取り出し、押し当てて、一気に鞠を貫いた。

「あふ、っ……おっき——……あ、いい——……」

体をしならせて、鞠が満足げに呻《うめ》く。顕嗣をいっそう受け入れようとするかのようにさらに腰をあげ、そして揺すった。

「はふ……ん——……は、っ……ああ、気持ちいいー……」

陶酔の表情を浮かべて、鞠は抽挿《ちゅうそう》する顕嗣に合わせてリズミカルに腰を使う。

「顕嗣サマの、おっきいね——……あたしの中でぴくぴくしてるよ……あっ、いい——」

「………」

鞠のうっとりした表情とは裏腹に、顕嗣はひどく醒《さ》めた気分でいた。

性器は興奮し勃起《ぼっき》して鞠の肉にからめとられ、快感を覚えている。それは理解していたが、——ただそれだけだった。

「あっ、あっ、あっ……………あ、すごい、いい……——いいよぉ、顕嗣サマ、硬い……お

っきい……あたしいっぱいだぁ……——」

鞠は鞠で、顕嗣の精神状態などはどうでもいいらしい。うわごとのように愉悦を訴えながら、腰を振る。

「ああん……あ、いいよ、いいよぉ…………気持ちイイ、顕嗣サマ……いきそう、……もういきそうだよあたし……いいよね、いくよ、いってもいいよね、いっちゃうよ……」

鞠の肉襞がきゅっと緊張して、そして激しく蠕動《ぜんどう》する。

「いく、いくよ、いくぅ……っ！　ああっ、いいよ、気持ちいい、いくよぉ……っ！」

鞠がそう叫んでのけぞるのと同時に、顕嗣はひどくむなしい気分とともに、鞠の膣奥深くへ精を吐き出した。

第四章　あと……2日

鞠をさがらせ、すこし時間を置いて、顕嗣は部屋を出た。階下へ降り、佐伯の部屋へ向かう。

夕刻、佐伯の部屋を捜索した顕嗣は、一冊の帳面を発見した。父親の居室に、背表紙に番号を振られて並んでいたものと同じ——弓三郎の日記帳を。

帳面はかなり古びていて、背表紙に書かれた数字は、間違いなく、弓三郎の部屋から欠けていた番号だった。

なにげなく帳面を開き——そして顕嗣はこおりついた。

帳面は中央のあたりがくりぬかれて、空洞になっていた。そしてそのくぼみに——一本の鍵《かぎ》が、入っていたのだ。

顕嗣の記憶にはっきりと残っているその古めかしい意匠は、間違いなく——かつて母が握って微笑《ほほえ》んでいた、あの鍵だった。

なぜ、これが佐伯の部屋に。

帳面は引き出しの底に、厳重にしまいこまれていた。佐伯が自らそこに隠したのだとしか思えない。

佐伯は、顕嗣がこの鍵を探すために帰国したことを知っている。それなのに一度として鍵は自分が持っているとは口にしなかったし、態度にも出さなかった。

なぜだ。

夕方の鞠との口論――いや、あれは佐伯が一方的に責められていた件もある。佐伯と一度、じっくりと話をしなくてはならないと考えて、顕嗣は佐伯の部屋を訪ねることにしたのだ。

しかし。

「ん――……ぁっ……」

佐伯の部屋から、女の喘《あえ》ぎ声が聞こえてきて、顕嗣は唇を噛《か》んだ。

「何やってるんだよ――もっとだよ、ちゃんと中まで舌入れろってば」

はすっぱな、傲慢《ごうまん》な口調。その声は、つい先刻まで顕嗣の下でとろんとした顔で腰を振っていた少女のものだと、すぐにわかった。

「ちゃんときれいにするんだよ。あ――……ぅんっ……そう、それでいいんだ。大好きなご主人サマのザーメン、おいしいだろ？」

「…………う……」

応《こた》えた、どこか苦しげな呻《うめ》き声は、佐伯のものだった。

震える手で、顕嗣はそっと、扉を細く開いた。

鞠が――大きく脚を広げて、そこにいた。

そして、とうに想像はついていたことだったが、鞠の足元にひざまずき、その秘部にうやうやしく顔をうずめていたのは――佐伯だった。

「あ、そこ——もっと強く。吸うんだよ、ばか！　早く！」

短く頷《うなず》いて、佐伯は鞠の秘部にさらに顔を寄せる。鞠がうっすらと笑った。

「は——……」

「……うん、そう——……そこ、あ、いい——……もっと——……」

無意識のうちに足が動いて、顕嗣は後ずさっていた。佐伯の部屋から離れ、そしてある程度距離をとったところできびすを返す。早足に屋敷を歩き抜け、階段をあがる時にはほとんど駆けていた。自分の部屋に飛び込んで、そして後ろ手に鍵をかける。

いったい、なんだったのだ——……あれは。

佐伯が。

メイドの鞠に、まるで奴隷のようにかしずいて。

鞠に命じられるままに、鞠の秘部を丁重に、舌で——……。

あれは、ほんとうに佐伯なのか。

顕嗣の母が信頼し、常に傍《かたわ》らから離そうとしなかった、律義で厳格で忠義者の——佐伯なのか。ほんとうに。

母が死に、顕嗣が屋敷を出ていた、たった五年の間に、いったい佐伯に何があったというのだ——。

（ねえねえ、顕嗣サマ！）

鞠の無邪気な声が耳の奥によみがえる。

（名前書いて！　そこじゃないよ！　こっちだよ！）

（だめだよ、見ちゃ！）

思い返してみれば、あの時の鞠はひどく強引で――そして傲慢だった。

佐伯に命令を下していた時のように。

そして顕嗣に名前を書かせた紙にあった、遺言状、という文字。

佐伯と鞠は――……もしや結託して何かをたくらんでいるのだろうか。

だが、それならなぜ、顕嗣を狙うのではなく琴美を。

わけがわからなかった。

あるいは琴美は、二人が顕嗣を亡きものにしようと密議をしている場面に行き合わせでもしてしまったのだろうか。そして口封じのために殺された――そうだと考えれば、つじつまは合うが。

アームチェアに身を沈め、考えをめぐらせるうちに、いつしか顕嗣は浅い眠りに落ちていたようだった。

「顕嗣様……顕嗣様！」

扉を叩《たた》く音と、そして佐伯の呼び声にはっと我に返る。

琴美が死んだのか――？　一瞬そう思って、そして気がついた。琴美はもう死んでいるのだ。

「顕嗣様！」

「ああ――……入れ」

切羽詰まったように、だがそれでも部屋に押し入って来ようとはせずに呼び続ける佐伯の声に、顕嗣は頭を振って意識をはっきりさせようとしながら返事を返した。

「どうした」

「お休みの所、申し訳ございません」

「詫《わ》びはいい」

佐伯を遮りながら、顕嗣は顔をしかめる。

これではあまりにも――あの日と状況が同じすぎる。

ちがうのは、時計の針が示している時間。

まだ朝にはなっていなかった。真夜中だ。どうやら顕嗣は数時間、まどろんでいたらしかった。

「何があったんだ」

「はい、また――……」

「また？」

険しく眉《まゆ》を寄せて、顕嗣は佐伯を見据えた。沈痛に表情を歪《ゆが》めて、佐伯は頭を下げる。

「また、でございます……。大きな音がいたしましたので不審に思ってお屋敷を回ってみましたところ、…………」

「誰だ」

小夜か、それとも茜か——……。

「鞠でございます」

意外な名前に、はっと顕嗣は佐伯を見つめた。

死んでいたのは、確かに、鞠だった。

顕嗣が駆けつけた時にはまだぬくもりを残していた鞠の脇腹《わきばら》に深々と突き立っていたのは、園芸用の鋏《はさみ》——おそらく、琴美に手向けた椿《つばき》を切る時に使って、まだ犯人が持っていたのだ。

そして鞠の死体の傍らには、一枚の紙切れが落ちていた。

拾いあげるまでもなく、そこに書かれた文字は読み取ることができた。

『次はおまえだ』

おまえ――……とは、誰のことを、さしているのか。

うつろに見開かれたままことときれていた鞠の瞳《ひとみ》を――顕嗣は目をそらして、閉じさせてやった。

「物音を聞いた、と言ったか」

「はい――……」

低い声で訊《たず》ねた顕嗣にこたえた佐伯の声も悲痛さを秘めていた。

「ドアがばたんと閉まるような――……この部屋から犯人が逃げた時の音ではないかと」

「そうか……」

鞠が死んだ。

つい数時間前、顕嗣に貫かれて愉悦の声をもらし、そしてさらに佐伯の顔に自らの秘所を押しつけて奉仕を強要していた少女が。

ということは、琴美を殺したのは、鞠ではなかったということになる。

鞠と佐伯とが共謀して顕嗣を亡き者にしようと企み、その計画を知ってしまった琴美を殺したのではないかという顕嗣の推理は外れていた。

だが――……ならば、誰が。

「…………ひ、ッ――！」

ひきつれた悲鳴が聞こえた。はっとふり返った視界に、戸口に立ち尽くす小夜の姿がうつった。

「小夜——……見るな！」

「い、や……また？　またなの？」

顕嗣の声は耳に届かなかったのか、小夜は蒼白《そうはく》な顔をこわばらせて、のろのろと口もとへ手を持っていった。

「わ、……わたしだわ、次は……………わたし……——いや、いや…………いやああっ！」

「小夜！」

音程のずれた絶叫をあげた小夜に顕嗣は駆け寄った。悲鳴をあげ続ける小夜を抱きしめて、なだめようとする。

「いや、いやぁっっ！　お願い、やめて、許して、殺さないで——っ！」

「落ち着け、小夜！」

「いやよ、いやあ！　殺される……わたしも殺される！」

「小夜！」

鋭く叱《しか》り、顕嗣は小夜を抱きすくめ、そして佐伯をふり返った。

「琴美の時と同じように——それが終わったら、この部屋には鍵をかけて俺のところへ鍵を持ってこい。茜には見せるな」

「は——……かしこまりました」

「小夜……来い」

顕嗣の腕の中で、小夜は泣き出していた。小夜を抱きかかえるようにして廊下に連れ出し、顕嗣は苦い思いで扉を後ろ手に閉める。

「顕嗣さま…………？」

怯《おび》えたような声にふり返ると、すこし離れたところに茜が立っていた。不安げにこちらを見る茜に顕嗣はなんと言っていいものか言葉に迷う。

「もしか、して…………また？」

その様子から察してしまったのだろう。茜の顔が蒼褪《あおざ》める。

「部屋に戻ってろ、茜。鍵をかけて——俺か佐伯が行くまでは外に出るな」

「…………はい……」

顕嗣が名前をあげたことで、死んだのが誰なのかがわかったのだろう。茜は懸命に涙をこらえる表情になって、こくりと頷いた。

小夜は顕嗣の腕の中でまだすすり泣いている。屋敷にいた人間は、あと一人だけだ。

茜が部屋に入り、戸を閉めるのを見届けてから、顕嗣は小夜を促して、小夜の部屋へ連れて戻った。ベッドに横たえ、布団をかけてやる。

「顕嗣、さま…………」

「大丈夫だ。ここにいる」

「わたし……わたし殺される――……」

「そんなことはさせない」

「殺されるわ。次はわたし……！」

一度は泣きやみかけていた小夜はまたわっと泣き出した。

「小夜」

出せる限り優しい声を出して、顕嗣は布団の上から小夜の腕をかるく叩いてやった。

「大丈夫だ。俺がそんなことはさせない。心配するな。すこし眠れ」

しかし小夜は首を振るばかりで、顕嗣の言葉を聞いている様子はなかった。

今は何を言っても無駄だろうと判断した顕嗣はしばらくの間、小夜の枕元《まくらもと》で小夜の腕を叩いてやり、そして時折髪を撫《な》でてやっていた。徐々に小夜の涙はおさまっていき、ぐったりと疲れ果てた様子で小夜は目を閉じる。

小夜が眠ったことを確かめて顕嗣はそっと立ち上がり、そして自分の部屋へと戻った。

部屋の前では、佐伯が待っていた。

「終わったか」

「は。……ご指示のとおりに」

頷いて顕嗣は自分の部屋の扉をあけ、佐伯に入れと促した。

「鞠の部屋は」

「鍵をかけてございます。鍵は——こちらに」

「俺が預かる」

顕嗣のさし出した手に、佐伯はうやうやしく鍵を渡した。

「……顕嗣様」

「ん？　なんだ」

「お屋敷をお出になってくださいませ」

決然とした声に顕嗣は首を傾げ、そして佐伯を見やった。

忠実な老僕は、表情を引き締めてまっすぐに顕嗣を見つめている。

「顕嗣様もごらんになられましたはず。犯人はまだ、犯行を重ねるつもりでございます。次は——顕嗣様を狙うやもしれません」

「俺と限ったわけではないだろう。俺を狙っているならメイドたちを殺す理由がない」

「殺人鬼でございます。うかうかしておりましてはお命にかかわります。どうか——屋敷をお出になって、安全な場所へ。あとは警察に」

「佐伯」

顕嗣はかぶりを振った。

「鞠が殺されたことに気づいた時、おまえは何をしていた」

「顕嗣様——！」

「答えろ」

咎《とが》める声を無視して、佐伯を視線で射る。佐伯はさらに主張しようとするかのように口ひげをふるわせたが、ついに目をそらした。

「茜と、話をしておりました」

「……茜？」

「はい。どうもこの数日、ふさいだ様子でおりましたので、なにか悩みでもあるのかと」

「茜の部屋にいたのか」

「いえ、部屋から内線で。顔を合わせていないほうが、何かと話せることもありましょうかと」

では――……鞠が殺された時には、茜にも佐伯にもアリバイはあった、ということになる。となると残るのは小夜だけだが、しかし鞠が殺されたことに気づいて取り乱した小夜の様子は、とても演技には見えなかった。

「…………ひとまず、さがれ。明日の朝、あらためて話そう」

「顕嗣様。お願いでございます。どうぞ、お屋敷をお出になられて――」

「しつこい。さがれと言ったはずだ」

睨《にら》みつけると佐伯は表情を歪め、渋々といった風情で頭を下げ、そして部屋を出ていった。残された顕嗣は茜の部屋に内線をかけ、今夜はこのまま休めと告げてアームチェアに戻った。佐伯が残していった鞠の部屋の鍵を、手のひらで弄《もてあそ》ぶ。

どちらかが――嘘《うそ》をついている。

佐伯か、小夜か――……だが茜ではない。それは確信があった。

いや――……それも思いこみにすぎないのだろうか。

だがどう考えても、茜だけは、そうしたことのできる娘には見えない。

琴美、そして鞠。

顕嗣が部屋へ呼んだ娘が、その晩に殺された。小夜は殺されなかったが、次は自分だと怯えている。いつか厨房《ちゅうぼう》で茜をなじっていた様子からしても、小夜は茜が犯人だと考えているようだが――顕嗣に抱かれた娘に強烈な対抗意識を見せていたのは、むしろ小夜のほうではなかったか。茜をなぶって、顕嗣に想《おも》われようなどという野望はいだくなと厳しく責めたてていた。

それとも、佐伯なのか。

あるいは――誰の目にもとまらずに、屋敷内を徘徊《はいかい》する別の犯人がいるのか。

答えの出ないまま、夜は朝へと姿を変えていった。


訪れた顕嗣を、玲はいつもと変わらない笑みで迎えた。

「聞いたわ、鞠さんのこと。――……お気の毒に、としか言えないけれど」

「きみは昨日は帰宅していたのか」

「ええ。いつもどおり、定時になったから帰らせていただいたわ」

「そうか。――……仕事はどうだ。進んでいるか」

「あと数日でいちおうの報告ができると思うわ。もう少し急いだほうがいいかしら？」

「いや、それでかまわない」

顕嗣はまだ迷っていた。だが――これは佐伯にやらせるわけにはいかない。そして、小夜も、顕嗣は信じているが茜も絶対に犯人ではないという確証はない。

玲が、うってつけなのだ。

雇い入れたばかりでこれほどのことを任せてもいいのかどうかだけが――いくらかの不安の種ではあったが、ドライなビジネスだけの関係である彼女のほうが、逆にほんとうは適任なのかもしれなかった。

「ひとつ、用を頼まれてもらいたい」

やはり玲に任せようと決めて、顕嗣は口を開いた。

「なんでもおっしゃって。何かしら」

「これを――……」

顕嗣がさし出したものを、玲はかるく首を傾げて見つめた。

昨日、佐伯の部屋から見つけ出した鍵だ。

「これ……あなたが探していた例の鍵？」

「ああ、そうだ。この鍵で貸金庫をあけて、おさめられているものを受け取ってきてもらいたい」

銀行の名前と場所を告げると、玲はひどく気軽な様子で頷いた。

「わかったわ。じゃあ、今から行ってきます。夕方には戻れると思いますわ」

「頼む――」

にこやかに頷いた玲が、鍵を自分のバッグにしまいこんで書斎を出ていく。顕嗣は重い息をついた。

二人目の犠牲者が出てしまった今――ほんとうは、貸し金庫にこだわっている場合ではないのだ。だが、顕嗣は鍵を見つけ出してしまった。そもそも帰国の目的だった鍵だ。金庫に何が入っているのかを確かめることを、後回しにすることはできなかった。

それにしても――玲は豪胆な女だ。雇い主の使用人が殺されたと聞いても平然とその屋敷に通ってきて、冷静に仕事をこなしている。二人目の死者が出たときいても、その死を悼みはしても取り乱しはしない。なみの女なら、とうに逃げ出して姿を見せなくなっているだろう。それだけ、プロ意識が強いということだ。

秘書としては理想的な女だと言えるだろう。この一件が片づいてアメリカに戻る前に、事業の面での秘書にならないかと誘ってみるのも悪くない。

だが――……その前に、顕嗣はこの事件を解決しなくてはならない。

ほんとうは佐伯が主張するように、警察にことを委《ゆだ》ねるべきなのかもしれなかった。だがいずれにせよ、タイムリミットは明日だ。

あの時警察に通報しなかったからこそ鞠は死んだ――。今ここで警察を介入させてしまえば、鞠は無駄死にをしたことになる。

「あ――……顕嗣、さま……」

異常はないかと屋敷をひととおり見て回ると、食堂のテーブルに、小夜が悄然《しょうぜん》とした様子で座り込んでいた。顕嗣の顔を見て、すがるような顔つきになる。

「落ち着いたか」

声をかけると、小夜はこくんと頷いた。怯えたような目で顕嗣を見る。苦笑して、顕嗣は食堂に足を踏み入れ、小夜のもとへいってやった。

「大丈夫だ。心配するな」

「抱いて」

慰めようとした顕嗣に、小夜はひどく唐突に言った。

「お願い、顕嗣さま――抱いて。今、ここで」

「おい――小夜」

「わたし殺されるわ、きっと。死ぬ前にせめてもう一度、あなたに抱かれたい――」

「落ち着け、小夜」

「見て」

小夜は何かに憑《つ》かれたような顔で顕嗣を見つめたまま、自分のスカートを持ち上げ、剥《む》き出しの秘部を顕嗣に示した。視線はそらさないまま、クレヴァスの奥へ手をのばす。

「もう濡れてるの――あなたにさわってほしくて、濡れてるの。ほら、見て……」

脚を開き、小夜は自らの指でそこを大きく押し広げた。いくらか色素の濃い、サーモンピンクの秘肉が昼の光を受けて、つややかに光る。

「ね、濡れてるでしょ。感じてるの――……んっ、ぁ――……顕嗣さま……ね、さわって、ここ……ここ、舐《な》めて……………あなたので、ここかき回して…………」

顕嗣を見据えたまま、小夜は指を動かしはじめた。

そこは、小夜が言ったとおり、すでに濡れそぼっていた。白くしなやかな指が粘液をかき回し、真珠色のクリトリスを押しつぶすようにしてこねる。

「あ、っ……――」

「小夜――……」

「あっ、いい――……すごい、じんじん、くる……感じる、…………」

何かに憑かれたような視線が、熱っぽく顕嗣を見つめる。

「見て、顕嗣さま――……ね、ほら――……私のここ、顕嗣さまがほしくてこんなになってるの」

熱を帯びた吐息をこぼして、小夜はせわしなく指を動かす。

くちゅっ、くちゅっ、とかき回される粘液が淫《みだ》らな音をたてた。

小夜の腰が、うねりはじめる。椅子《いす》にかけたまま、秘所を座面にこすりつけるようにして体を揺らし、激しく指を使う。

「んん、っ……あ、熱い――……顕嗣、さま……見て、わたしのオナニー、見て……」

「小夜――……」

「あっあっ、あ――……して、ねえ、顕嗣さま、して――……わたしのここに、入れて」

呼吸を弾《はず》ませて、小夜はうわごとのように顕嗣に楔《くさび》をねだりながら、自慰に没頭していた。ぐちゅっ、くちゅっ、と湿った音が光に満ちた食堂に響く。

「ああ、ああ――……いいの、いい……ねえ、もっとよくして。顕嗣さまの、入れてほしいの……ここ、ここに……ちょうだい、顕嗣さま、ねえ――」

体を起こしていられなくなったのか、小夜の体はずるずると椅子から床へとずり落ちていった。膝《ひざ》を立て、大きく広げて、さらに激しく指を使いながら、小夜は腰を持ち上げて揺らす。

指が二本、小夜の肉の奥へともぐりこんでいった。

「顕嗣さま……顕嗣、さま——……あ、いい……いいの、すごく、感じる………ここが……ここが感じる、の……こすってぇ——……」

大きく息を弾ませて、小夜は自らの秘所にうずめた指を出し入れさせる。

「あ、いく、いきそう……気持ちいい、顕嗣さま、いいの、ねえ——……見て、して！　いくの、わたし、いくわ——……いく、いくっ、いっちゃうっっ！」

小夜は獣じみた声を迸《ほとばし》らせた。

「あぁぁっっ！　いく、いくわ、いくっっ！　あああぁぁぁぁぁっっっ！」

がくん、と小夜の体が震えた。がくがくと跳ねるように痙攣《けいれん》して、そしてがっくりと脱力して床に体を落とす。

しかし、絶頂を迎えてもなお、小夜の指は濡れた音をたてるのをやめなかった。

「もっと……もっとよ、顕嗣さま、ちょうだい——……して」

耐えきれずに、顕嗣は顔をそむけた。足早に食堂を出る。

死への恐怖が——……小夜の精神のバランスを崩しているのだ。おそらくは一時的なものだろうが、痛ましくて正視はできなかった。

まして——小夜の求めに応じることなど、できはしなかった。

逃げるように食堂を出た顕嗣は、二階へと向かった。茜の部屋をノックする。

「俺だ」

そう告げると、そっと、ドアが開いた。

「どうぞ……」

招き入れられて、顕嗣は茜の部屋に足を踏み入れる。

「昨夜――……事件があった時、佐伯と内線で話をしていたのだそうだな」

「はい。……佐伯さんは昔からわたしをご存じですから、……時々、相談相手になっていただいていました。ゆうべも、何か悩みがあるんじゃないのか、ってかけてきてくれて」

茜もまた、すっかりやつれてしまっていた。沈みきった表情で顔を伏せ、ほとんど聞き取れないほどの小声で顕嗣の問いに答える。

「もう少し詳しく聞かせてくれ。ああ、そういえば、最後に鞠と会ったのは」

「……………鞠ちゃんが、殺される……ほんの少し前です」

「直前に？　なぜだ」

「小夜さんから、わたしが彼女を呼んでいたって聞いたから、って――」

「呼んだのか」

「いえ――……。そんなこと、していないんです、わたし。それでよくわからなくて、ちょっと……口論みたいになって。こんな遅い時間を指定したのはあなただろう、って鞠ちゃんに叱られて。その間に内線が切れてたので、わたしのほうからもう一度かけて――話していたら、佐伯さんが急に、何か変な音がした、って。様子を見てくるからきみは部屋を出ないようにって言われました」

顕嗣は頷いた。茜と話をしていたら不審な物音を聞いた、と言っていた佐伯の言葉と、それは一致する。

では――鞠は小夜に、茜の名前を使って部屋から呼び出されて、その間に鞠の部屋にしのびこんでいた小夜に殺された、ということに、なるのか。

先刻の小夜の異常な状態が脳裏に甦《よみがえ》ってくる。

小夜は――どこか狂ってしまっているのか。顕嗣の妻になる、ということは、小夜にとっては上流階級への復帰を意味する。顕嗣にコンツェルン総帥をつとめる意志はなかったが、それは小夜の知らないことだ。荒れた手指を、もとは同じ階級に属していた顕嗣に見られただけであれほど取り乱すほどなのだから――渇望は強かっただろう。

召し使いの身分から脱しようと望むあまりに、小夜は――……。

「ほかに気がついたことは」

茜に訊ねながら昨夜使っていたという電話へ目をやり、顕嗣は目をしばたたいた。

「いいえ……………何も。気がついたら、あんなことになっていて――……」

茜の声が揺れて、はっとした。見ると、うつむいた茜は懸命にこらえながら、はらはらと涙を落としている。

切ない衝動に突き動かされて、顕嗣は茜に歩み寄り、そして腕に抱きしめた。

「心配するな。俺が守ってやるから――」

顗嗣が小夜に感じる感情は、憐憫《れんびん》でしかない。地位に、金に、豪華な生活に恋着し、過去の栄光を忘れることのできない哀れな少女だと――。

だが、茜に対する想いはまるでちがう。

何かしてやりたい。守ってやりたい、いとおしい――……。

「この件が片づいたら、俺と一緒にアメリカへ帰ろう」

「え――……」

茜が息を呑《の》んだのがわかった。

「一緒に来てくれ。おまえを手放したくない」

うつむいたまま動かない茜の頬《ほお》に手を添えて、顔をあげさせる。そして唇を寄せた。

「だめ――！」

悲痛な叫び声をあげて、茜は顗嗣を突き飛ばすようにして押しのけた。唖然《あぜん》として、顗嗣は茜を見つめる。

「なぜだ」

昨日、衝動のままに茜を抱きしめた時。茜の心臓が高鳴っていたことを顗嗣は感じていた。茜もまた顗嗣をいつからか愛していたのだと、あの時顗嗣は確信したのだ。

「おまえは――……おまえも俺を愛してるんじゃないのか」

「好きです……昔から、おにいちゃんって呼んでたけど、ほんとは一度もおにいちゃんだなんて思ったことなかった……好きだった。五年ぶりに会って、どきどきして、気を失いそうだった。あなたが、好き……」

「だったら――……」

「でも、だめなの」

嗚咽《おえつ》に声を震わせながら、茜はかぶりを振る。

「……………これを、見て」

そう言って茜は立ち上がり、机の引き出しから古ぼけた日記帳を取り出して、顕嗣に広げてみせた。首を傾げて、顕嗣は茜を見る。

「これは」

「わたしの……母の日記です。そのページの下のほう…………見て」

あふれる涙を拭《ぬぐ》おうともせずに、茜は悲しみをたたえた瞳で顕嗣を見つめた。

理解できないまま、顕嗣は言われたとおり、茜が開いたページの文字を追う。

そして――目に入った文字に、全身がこおりついた。

信じられなかった。

『どうしよう。どうすればいいんだろう。あの子が……茜が西園寺弓三郎の娘だなんて、絶対に誰にも知られないようにしなくては』

乱れた女文字。顗嗣は茜の母——叔母《おば》の字を覚えてはいないが、叔母がこれを書いた時にはひどく取り乱していたのだと容易に想像はついた。

茜が、西園寺弓三郎の娘。

つまり——……。

「……ね？」

顔をあげた顗嗣に、茜は泣きながら笑いかけた。

「だから、だめなの——……」

思考が停止していた。

まさか——……彼らが父を同じくする兄妹だったとは。

おにいちゃん、と呼ばれて、妹「のように」かわいがっていたはずだったのに。

ほんとうに、茜は彼の妹だったと……いうのか。

混乱したまま顗嗣はよろよろと立ち上がり、何も言葉の浮かばないまま茜の部屋から出た。何かに操られたようにふらふらと歩き、そして半ば無意識に一つのドアをあける。

「あら——……顗嗣様」

理知的な声が微笑んだ。

「ちょうどよかったわ。ただいま戻り――……」

コートを脱いだばかりの、まだいくらか髪に雪片をまといつかせていた玲に、顕嗣はがむしゃらに襲いかかっていった。

「顕嗣様……？　きゃっ！」

玲の体をデスクに突き飛ばす。バランスを崩し、机にしがみついた玲の背にのしかかって、スカートを押し上げて玲の尻を剥き出させ、そして下着を引き下ろした。

「あっ、…………――！」

玲の秘部が目の前にさらされる。すこし褐色がかった肉のほころびからのぞく鮮やかなピンク色の粘膜に、理性がちぎれた。

先刻、小夜の痴態を見せつけられ、そして茜に知らされた衝撃的な事実に、小夜だけでなく顕嗣の精神も均衡を欠いていたのだろう。

「ぅく……っ！」

まったく濡れていない場所に自らの怒張を強引に突き立てると、玲が苦痛に呻いた。

「顕嗣、様……――ぅ……」

しかし、玲は顕嗣から逃げようとはしなかった。苦痛に喘ぎながら、顕嗣の手をとって自らの胸元へ導く。

「さわって……」

促されるまま、顗嗣はふくよかな乳房をわしづかみにした。こねると、玲は大きく呼吸をする。ブラウスのボタンを外し、その内側へと顗嗣の手を誘った。

はっ、はっ、と、自分の荒い呼吸の音が鼓膜に響く。

「ぅ、っ……く……、はぁっ………」

顗嗣に背後から突き立てられながら、玲もまた、呼吸を弾ませていた。デスクにしがみつくようにして身を支えながら、腰をうごめかせ、顗嗣の動きに合わせる。

強引に挿入した時にはまったく濡れていなかった玲のそこは、顗嗣に胸を愛撫《あいぶ》され、自分からも積極的に腰を使ううち、徐々ににじみ出てきた愛液で潤っていった。

今や玲のそこは熱を帯び、当初は摩擦に軋《きし》んでいた肉もほぐれて、顗嗣の分身にからみつき、そして淫靡《いんび》に締めつけている。

「あ——……っ」

深々とえぐり、そして腰をグラインドさせると、玲はぶるっと背を震わせる。

「顗嗣、様……——あっ、……」

うつ伏せに押さえつけられたデスクに自分の乳房をこすりつけて、玲は切なげな声をもらした。

「んっ……あぁ――……」

玲が腰をうねらせると、結合部から濡れた粘膜のこすれあう音が響く。

「あ、あ――……す、ごい…………く、っ……――あ、あぁっ」

びくっ、と大きく震えて、玲は声をうわずらせた。

「だめ、そこは――……ふぁっ！」

がくん、と玲の背がのけぞる。切迫した喘ぎが、せわしなくこぼれた。

「あっあっ……だ、だめ――……そこ、感じ、ちゃう――……」

たしかに、玲の内部にはざらついた場所があった。そこを顕嗣がえぐると、玲は切迫した声をもらすのだ。

「ひぁっ！」

同じ場所を狙って突くと、明らかに玲は激しく反応する。

「顕嗣様……だ、だめ、もう――……わ、わたし、いく…………」

「玲……っ」

「あっ、いく、いっちゃ…………あ、もっと、あ……だめ、もう………もうだめっ！」

鋭い叫びをあげて、玲は飛びつくように顕嗣にしがみついてきた。

「いく、いくわ――……いっちゃう、あぁっ、いい……っ！　あぁぁぁぁっっ！」

摩擦されるうちに熱を帯び、愛液をにじませて顕嗣にからみついてきた肉襞が強く収縮

し、顕嗣の性器を絞め上げる。

「うぅ……っ！」

顕嗣もひくく呻き、そして玲の肉襞の痙攣に自らも大きく震えて、一気に頂上へと駆けのぼっていった。


しばらくの間、書斎には二つの荒い呼吸の音だけが響いていた。

「……………ごめんなさい……」

大きく息をついて、ようやく呼吸を整えた玲が吐息のように呟《つぶや》く。まだ呼吸がおさまりきらないまま、顕嗣は目を見開いて玲を見下ろす。

「なぜきみが謝るんだ」

「あなたに合わせなくちゃいけなかったのに。——……顕嗣様があんまりよかったから、夢中になっちゃったわ」

起き上がって乱れた髪を撫でつけ、玲はいたずらっぽく瞳をきらめかせる。

「ごめんなさいね、ほんとに」

思いもよらなかった謝罪とその理由に苦笑を誘われて、顕嗣はかぶりを振った。

「………………変な女だな、きみはまったく」

「私はあなたの秘書ですもの」

明快な物言いでそう返して、玲は手早く後始末をし、散らばった服を拾い集めて身につけていった。そして顕嗣の服も拾ってしわをのばし、さし出す。

「ああ——……ありがとう」

「とんでもない」

くすっとかぶりを振り、玲はかいがいしく動いて顕嗣が身じまいをなおす介添えをつとめた。

「そこまでしてくれなくてもいいだろう」

「あら。だって私はあなたの個人秘書だもの」

にこりと笑って、玲は最後に上着をさし出した。

「雇い主に仕えるのは当然のことだわ。これも仕事のうちよ。——……ああ、そうそう、報告が遅れましたけど。とってきましたわ、ご依頼のもの」

さばさばとした態度だった。

「ああ——ご苦労」

顕嗣も気持ちを切り替えて頷いた。

玲は徹底的に、顕嗣の意志に添うためにしか動いていない。彼女自身にはなんの思惑も野心も、しがらみもないのだ。使いを頼まれたからその場所へ出向くことと、顕嗣が求めるからセックスに応じることは、玲にとっては同じ次元のことなのだろう。それが彼女の職務であって、それ以外のものではないし、それ以上のものでもない。ドライと言えばこれほどドライなこともないだろう。

しかし、その割り切りは、今の顕嗣にとってはいっそ心地よいものだった。

「見せてもらおうか」

「これよ」

玲が大判の封筒をさし出す。

気軽く封筒を受け取り、中身を取り出して、開く。

「…………！」

顕嗣は今日幾度めかに――動けなくなった。

第五章　あと……1日のみ

礼儀正しいノックの音が顕嗣を呼んだ。入れ、と声を返すと、扉を開き、戸口で丁重に一礼して佐伯が入ってくる。

「顕嗣様。ご奉仕の時間でございます」

前日までと同じ時間だった。琴美が死に、そして今日また鞠が殺されて、それでも佐伯は習慣を変えるつもりはないらしい。

「今宵《こよい》は、どの者をお選びになりますか」

「いや」

佐伯を見据えて、顕嗣はかぶりを振った。

「今夜はいい」

「は——？」

「奉仕は不要だ。今夜だけじゃない——これからずっとだ」

「…………顕嗣様」

「俺の決定だ」

咎《とが》めるような響きのまじっていた声を、顕嗣は遮った。顕嗣の視線を受けて、佐伯は目を伏せ、そして頭を下げる。

「承知いたしました」

「あのワゴンの中身は処分しろ。すべてだ」

「……は」

「おまえも、もう今日はやすめ」

「かしこまりました。では――……おやすみなさいませ」

「うむ」

もう一度丁重に一礼して部屋を辞した佐伯が、扉を閉める。

かすかな足音が廊下を遠ざかっていき、顕嗣は大きなため息をついた。立ち上がり、机の引き出しから、玲に渡された封筒を取り出す。もう一度中身をあらためると、また吐息がもれた。

封筒を引き出しに放り込み、顕嗣はベッドに入った。

眠りは決して深くも快いものでもなかったが――……最後の夜が明けた。


部屋から内線をかけ、居間へ来るようにと告げると、相手は何も訊《たず》ねはせずに頷《うなず》いて承知を伝えてきた。衣服を整え、それを手にして、顕嗣は部屋を出、そして居間へ向かう。

「座れ。朝からというのもなんだが、酒でも飲もう」

ソファに促し、カップボードから酒の罎《びん》とグラスを出して、両方に酒を注ぐ。促すと相手は頷いてグラスをとった。顕嗣もグラスをとり、かるく持ち上げて見せる。

無言の乾杯。

「——……俺の話はわかってると思う」

ひと口、濃い酒で喉《のど》を潤してから、顗嗣は静かに口を開いた。

「ゆうべひと晩、幾度も考えてみた。だが、結論は変わらなかった」

見やると、相手も静かに顗嗣を見ている。怯《おび》えも、狂気も、静かな瞳《ひとみ》には浮かんでいない。

ただ、おそらくは——……悟りのようなものだけが、そこにはあった。

「なぜ……二人を殺した。——………佐伯」

名を呼ぶと、老僕はほのかに微笑《ほほえ》んだ。

「顗嗣様に、害をなそうといたしましたからでございます」

「説明しろ」

「その前に——なぜ、わたくしだと？　先に顗嗣様のお考えをお聞かせいただくわけにはには参りませんか」

静かな、ほんとうに静かな口調。顗嗣が正解を導き出したことを、佐伯はむしろ喜んでいるようにさえ、見えた。

「考えてみれば、最初から、おまえは自分が犯人だと言っていたようなものだった」

酒をもうひと口飲んで、顗嗣は言った。

「あの時は、俺も動転していて気がつかなかった。そもそもおまえは何故《なぜ》、琴美が浴室で死んでいることに気がつけたのか。不審な物音を聞いたとも、悲鳴を聞いたとも、何も言わなかった」

ゆっくりと佐伯は頷いた。先を促す瞳に顕嗣も頷きを返す。

「屋敷は、密室状態になっていた。すべての扉に鍵《かぎ》がかかっていた。だが――……もし本当に犯人が内部の人間であるのなら、むしろ屋敷を密室にはしておかない。犯人が逃げたような細工を何かしら施すはずだ。まして犯人は椿《つばき》を切るために一度屋敷の外に出て、またご丁寧に鍵をしめなおしている。とはいえ鍵は外からはかけられない。鍵を持っているのはおまえだけだからな。犯人は――屋敷の中に殺人者がいることをアピールしたかったのだ」

「――……なるほど」

「屋敷の使用人が、おそらくは屋敷内の人間の手によって殺された。これはスキャンダルだ。とくに、西園寺家のような立派な家ではな。ことが表ざたになれば、この俺も疑われる。だがおまえは、むしろ警察に通報することを主張した。――……お家を第一にしか考えない執事のとる行動じゃない」

「はい」

いくらか笑みを深くして、佐伯は頷いた。

否定しない佐伯に、苦い思いがこみあげてくる。

ならばおそらく――……顕嗣の結論は、正しいのだ。

あたっていてほしくなど、なかったというのに。

「おまえは――」

声が喉にからんだ。

「おまえは警察を介入させたかった。本来なら、警察を呼ぶと主張する俺をおさえてでも秘密裏に事件を処理しようとするはずの立場のおまえがだ。それはなぜなのか。スキャンダルが持ち上がり、主人である俺までもが殺人犯ではないかと疑われるほうがまだましだとおまえが考えていたからだ。つまり――……殺されるよりは」

佐伯は、ひどく満足げな微笑を浮かべた。

「誰かが、俺を殺そうと計画していたのだな。おまえはそれを知り、俺への警告か――あるいはそいつへの警告として、琴美を殺した」

「少々、事実とは異なっておりますな」

笑みを崩さぬまま、佐伯は淡々と言う。

「ですがそれはのちほど。どうか先をお聞かせください」

一つ、顕嗣は息をついた。

「鞠の件は――……こちらのほうが簡単だった。まず第一に、おまえは不審な物音を聞いて駆けつけ、鞠の死体を発見したといった。だがおまえの部屋は一階にある。鞠の部屋は二階。おまえと内線で話をしていたはずの茜は、そんな物音は聞いていないという。ならばそれは、おまえの作り話だ」

「ですがわたくしは、ずっと茜と話をしておりました」

「一度通話が切れたと聞いたぞ」

静かに、顗嗣は指摘した。

「鞠が茜の部屋にやってきた。小夜に、この時間に茜が来てほしいと言っていると伝言された、そう言って。茜には覚えがなかった。困惑した茜と鞠はすこしの間言い争って、その間に、内線は切れていた」

「何やら、わたくしは聞いていないほうがよいような雰囲気でございましたので。鞠が立ち去ったあと、茜はもう一度、今度は彼女のほうから、内線をかけて参りました」

「そこだ」

顗嗣は、かろうじて笑んだ。

「茜は、おまえの部屋に内線をかけたつもりでいた。だがそれは実際には——おまえの部屋ではなく、鞠の部屋だったんだ」

佐伯はかるく首を傾げた。

「おまえは小夜を使って、鞠にニセの伝言をした。鞠が何時に茜の部屋に行くかも知っていた。そしてその前に茜に内線をかけ、通話が途中で切れた茜が恐縮して自分からかけなおしてくることも計算の上で、鞠が部屋をあけている間に鞠の部屋へ移動し、鞠を殺し、そして何食わぬ顔で茜と会話を続けていた」

顕嗣は立ち上がった。この居間にも据えてある内線電話の受話器をとって、佐伯に示してみせる。

「おまえの部屋の内線番号は、13。鞠の部屋は17だ。そうだな」

「さようでございます」

落ち着き払って、佐伯は頷く。顕嗣は受話器を持ったまま、電話機に視線を落とす。

「電話機は、プッシュ式になっている。左上が1、右下が9。左から右へ、三つずつ、プッシュボタンが並んでいる。だがな」

受話器を戻して、顕嗣はゆっくりと佐伯の前へと戻り、再び腰を降ろした。

「どういう不良品をつかまされたのか、茜の部屋にある電話機のプッシュボタンは、1から、下へ向かって、数字が並んでいたよ。1のあと、プッシュボタンのとおりに、3を押せば、7――……鞠の部屋に内線が通じる。奇妙な電話機だ」

苦笑を浮かべた顕嗣に、佐伯もうすく微笑した。

「茜が――文字盤を見ずにボタンを押してしまわないかどうかが、じつに心配でございました。どうやらもとより沈んでいたところに鞠に罵倒《ばとう》されていっそう落ち込んだ茜は、疲れていたこともあってほとんど思考力を失っていたらしく、機械的に数字を追ってボタンを押してくれたようでございますが」

「それも計算のうちだったんじゃないのか」

「さて——……どうでございましょう」

やんわりと微笑《わら》っただけで、佐伯は是とも否とも言わなかった。

「どちらでもよかったのか。茜が内線をかけなおして佐伯は部屋にいなかったと証言すれば、必然的に犯人だと思われる。……それでもよかったんだな」

佐伯は微笑だけを返した。

「鞠とおまえはどういう関係なんだ。肉体関係もあったようだが。なぜ鞠を殺した」

そう問うと、はじめて、佐伯は眉《まゆ》を曇らせた。

「あれは——……不幸な娘なのでございます」

重い吐息とともに、そう言った。

「母親は小料理屋を営んでおりましたが——男を見る目がございませんでした。鞠の父親の次に作った男には、幼女趣味がございました。鞠は幼いころから凌辱《りょうじょく》と暴力にさらされ続けて育ってまいったのでございます」

「それで」

今度は、顕嗣が先を促す番だった。ゆっくりと、佐伯はひと口飲んだきり口をつけていなかったグラスの酒をすする。

「鞠にとって、他人との関わりは暴力か——あるいはセックスを通してしか、成立し得ないものになってしまったのです。ですから、あの娘と心を通じ合わせるためには、ああするしかございませんでした」

「おまえとの関わりは」

「時折、鞠の母の店にゆく客でございます。鞠は——このお屋敷に憧《あこが》れておりました。狭い、店の二階で、母が客たちと性的な会話をかわして嬌声《きょうせい》をあげるのを聞きながら義父に犯される日々を過ごしていた鞠にとって、このお屋敷と、旦那《だんな》様と奥様、そして顕嗣様というご家族の姿は理想そのものだったのでございます」

「俺と母とあの男の姿がか」

皮肉な笑みに顕嗣は唇を歪《ゆが》めた。もちろん外から垣間見《かいまみ》るだけでは彼らの実情などわかるべくもないが——またずいぶんと大仰な誤解をされたものだ。

「しばらく前に、鞠の義父は死にました。暴力に堪《た》え兼ねた母が殺したのです。——が、事実はちがいます。鞠が、義父を殺し、母親は鞠の罪をかぶって自首いたしました」

顕嗣はぴくりと眉を寄せた。

やる時は徹底的にやるよ、じゃないとやられるからね——

そう言って陰惨に笑んだ鞠の表情。

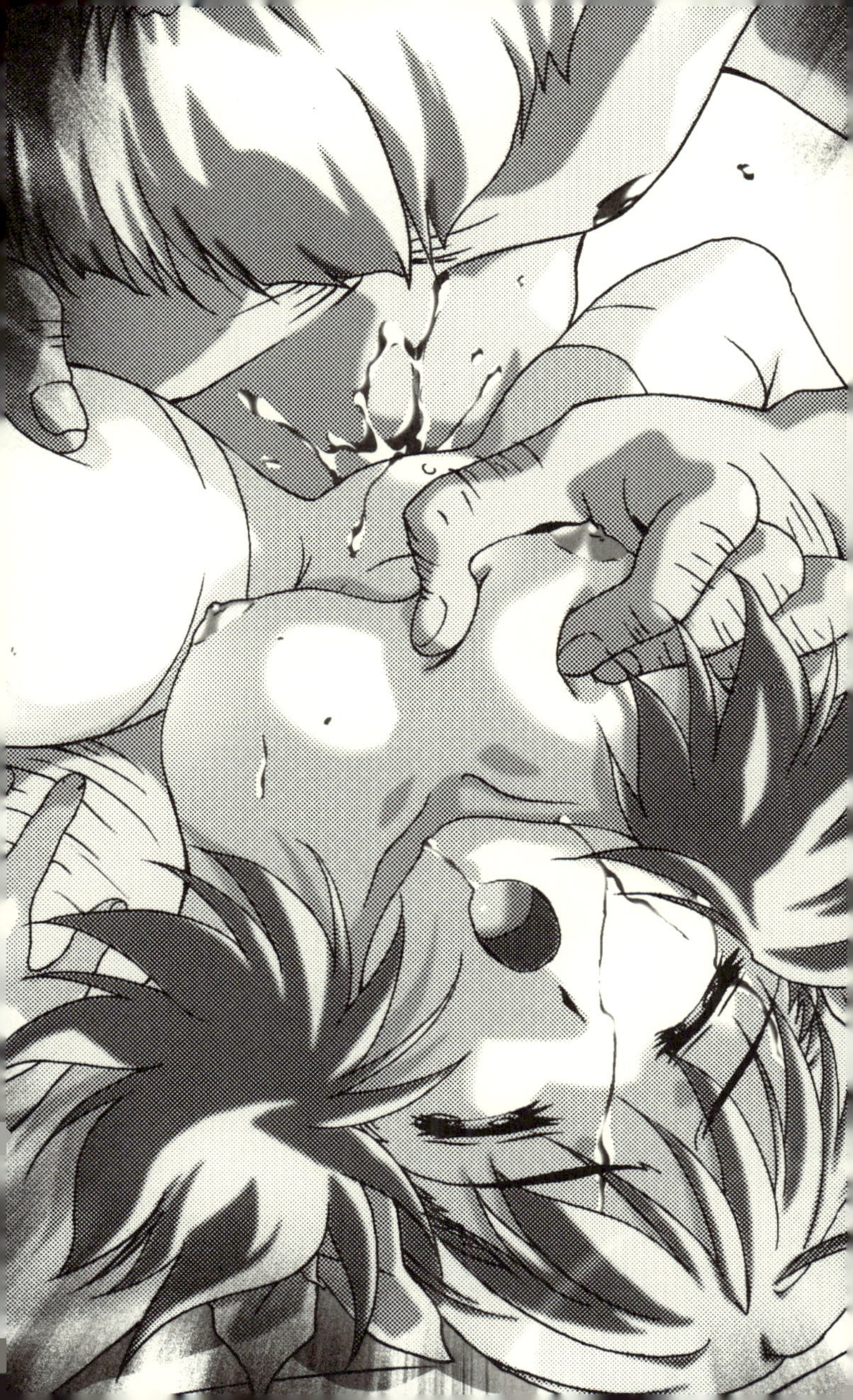

「義理とはいえ父を失い、実の母は刑務所。わたくしは鞠を引き取らせていただきたい、と旦那様にお願い申し上げました。せめて幼い頃からの憧れであったこのお屋敷で働くことができれば、いささかなりと鞠の心も安らぎ、人をセックスと暴力でしかはかれないという無意識の規範が矯正されるのではないかと」

「だが、鞠は変わらなかった——のか」

琴美をローターでいたぶっていた姿を思い出して、顕嗣は眉をしかめた。あれが、鞠なりの、コミュニケーションだった、のだろうか。あるいは鞠は、ああすることで琴美を己《おの》れの支配下に置いたつもりでいたのかもしれない。

「琴美は俺を殺そうとしていたのか。鞠に命じられて」

「はい。——……はじめ琴美は拒絶いたしました。人を殺すことなど、本来考えられぬ優しい娘でございました。しかし……顕嗣様にお会いし、顕嗣様が旦那様を憎悪しておられることを知って、旦那様をお慕いしていた琴美は絶望してしまったのでございます」

「絶望」

「はい——。琴美は、顕嗣様に旦那様の死を悼んでいただきたかったのです。それが父と子のあるべき姿であり、旦那様もお喜びになるだろうと。逆にそのように顕嗣様に憎まれていては、旦那様は安らかにお眠りにはなれない、だから——……」

「その憎悪を持っている俺を殺して、親父《おやじ》を安眠させてやろうとした……？」

「…………はい」

「なぜだ」

思わず、顕嗣は語気を荒くしていた。

「なぜそこまで、あんな男を――……」

吐き捨てようとし、そして佐伯の瞳を見て、顕嗣ははっと口をつぐんだ。

「旦那様は決して、顕嗣様を愛しておられなかったわけではございません。奥様の事も、心から愛しておいででございました。だからこそ、奥様亡き後も、このお屋敷に住まわれたのでございます」

静かな声に、顕嗣は目をそらした。

「鞠はワープロで遺言状を作って、俺に署名をさせた。鞠がほしかったのはこの家か」

「はい」

話題を戻すと、佐伯は咎めずに頷いた。

「この家さえあれば、自分は幸せになれると――……鞠はそう信じておりました」

夢は必ずかなうんだ、と。

鞠は不敵なほどの自信にあふれた口調でそう言った。

もうすぐ、自分の夢はかなう――……顕嗣を殺しさえすればそれでいいのだと。

だが、鞠の夢はかなわなかった。

顕嗣を殺す前に、鞠は命を絶たれた。

今、顕嗣の目の前にいる、この男によって。

「ひとつ聞きたいことがある」

「はい——なんでございましょう」

「おまえは、この家に仕えて何年になる」

「二十五年……になりますか」

「その前は何をしていた」

「事業をいたしておりました」

「その事業を捨ててまで、なぜ西園寺に仕えることにした」

「旦那様が、是非と望まれたからでございます」

佐伯は微笑んだ。

「あのかたは——素晴らしいかたでございました。視野は大きく、そしてお心も広くていらした。そのかたに、是非にと頭を下げられては否やはございません」

「では——もう一つ聞きたい」

あらためて佐伯を見つめた顕嗣に、佐伯はちいさく頷いて問いを待った。

「執事というものは、どこまで家に尽くせるものかな」

「……さて」

佐伯はまた、微笑んだ。

「当人の覚悟次第かと存じますが」

「主人の命を守るために殺人を重ねるほどの忠義というのはどこから生まれてくるんだろうか」

「お慕い申し上げる心根ではないかと」

「ほんとうに、それだけか」

「ほかに何がございますか？」

「二十五年前というと、ちょうど俺が生まれたころか」

「はい。さようでございます」

顕嗣は傍《かたわ》らから、それをとって二人の間のテーブルに投げ出した。

大判の封筒。かなり古いものらしく黄ばんだそれはしかし薄っぺらく、内容物がほとんど入っていないに等しいことを示していた。

「それは――……そのころの写真か」

「拝見いたしましても？」

「ああ」

顕嗣が頷いたのを見てとって、佐伯は失礼いたします、と短く呟《つぶや》き、封筒を手にとって中をのぞきこんだ。中から、一枚の写真を引き出して、そして瞳を細める。

「これはこれは………また懐かしい写真でございますな」

三ノ宮玲があの鍵を使って、銀行の貸金庫から取り出してきたもの――それが、その写真一枚だけをおさめた封筒だった。

「おまえとお袋と――生まれたばかりの俺。そうだな」

「はい。さようでございます。顗嗣様ご誕生ひと月の記念に、奥様のご厚意で同じお写真におさまらせていただきました」

「まるで親子だ」

「男と女性、そして赤ん坊が同じ写真に写っておりますれば、さように見えるものでございます」

「なかなかにおもしろい写真だ。俺は最初、合成写真かと思った」

顗嗣は手をのばして佐伯の手から写真をとりあげ、自分の顔の脇《わき》へと、かざした。

「いったい誰が俺の写真を手に入れて、こんなものを作ったんだろう、とな」

佐伯は何も言わなかった。

ただ、微笑んだ。

顗嗣の母と生まれたばかりの顗嗣とともに写真に写っていたもう一人の男。

それが二十年以上前の写真だと知らなければ、誰もが――顗嗣とその妻子の写真だと思ったはずだ。

それほど、男は顗嗣と同じ面差しを持っていた。

二十数年を経て、髪も白くなり、口ひげをたくわえ、しわぶかくなった今も、よく見ればはっきりとそれは見てとれる。

なぜ、父が妻と顗嗣とを遠ざけたのか――……顗嗣は今や、その答えを知っていた。

愛する妻がほかの男と通じて生んだ息子を、それと知って――いやその疑いを持ってしまっただけで、どうして手放しにかわいがることができるだろうか。ましてその男は、彼自身が見込み、気に入って、わが家の執事にと望んだ男だというのに。

素直に子供の誕生を喜べるはずなどない。愛する妻が生んだ子供にいとおしさを感じはしても。

「先ほど――……琴美の話をなさいましたが」

顗嗣の手にしている写真は目に入っていないかのように、佐伯は穏やかな声で口を開いた。

「すこしだけ事実とちがうところがあると、わたくしは申し上げました」

「そうだったな。何がちがった」

「琴美が死んだのは――……事故だったのでございます」

いくらか苦渋に満ちた声で、佐伯は瞳を伏せた。

「わたくしは、琴美を説得し、翻意させるつもりでおりました。ですが結局それは果たせ

ず――口論になり、気がついた時には、わたくしは琴美を、彼女がその直前に使ったまま
まだ湯を落としていなかった浴槽に沈めておりました」

はじめから殺意があったわけではないと――佐伯はそう言った。

佐伯はただ、顕嗣を護《まも》りたかった。

それだけなのだ。

顕嗣の命を狙う者がいると知っていて、見過ごしにはできなかった。顕嗣を救うためになならば、どんなことでもいといはしなかった。

それは――……当然といえばあまりにも当然の感情だ。

「顕嗣様」

居住まいを正して、佐伯は顕嗣をまっすぐに見つめた。

「これで、わたくしが申し上げられることはすべてでございます。じつに、お見事でございました。ですが警察をお呼びになる前に、一つだけ――……最後に、わがままを申し上げてもよろしゅうございましょうか」

「言ってみろ」

「数時間だけでけっこうでございます。長年つとめましたこのお屋敷に、最後の別れを告げる時間を、いただけませんでしょうか」

顕嗣はかすかに笑って、頷く。

「どうせ今夜の晩餐《ばんさん》は中止だ。好きなだけ名残《なご》りを惜しむといい。だが——……主人としての最後の命令だ。自分の命を粗末にはするな」

「はい」

深々と頭を下げ、そして佐伯は立ち上がった。

「ありがとうございます、顕嗣様」

「佐伯」

居間を出ていこうとした佐伯をもう一度、顕嗣は呼んだ。佐伯が足をとめてふり返り、わずかに首を傾げる。

ごくりと、顕嗣は唾《つば》を飲んだ。

「おまえは——……ほんとうは俺の」

「顕嗣様は、西園寺弓三郎様のご子息でございます」

ゆったりとした、しかしきっぱりした声で、佐伯は言い切った。

ほかに真実などありはしない。

確信に満ちた言葉だった。

それ以上、顕嗣は何も言わずに、頷いた。

数時間後。西園寺の家名をはばかってサイレンを鳴らさずに、覆面パトカーが静かに西園寺家を訪問した。

数日降り続いた雪は、この日すっかりあがっていた。

私服の刑事二人に左右をはさまれ、手錠を腕にかけた上着で隠して玄関を出た佐伯は、車に乗り込む前に一度だけ、顗嗣をふり返った。

顗嗣は黙って佐伯を見つめ、そして佐伯も言葉を発することなく、顗嗣を見つめた。

すでに、語るべきことは、どちらもが語り終えていた。

いや、一つだけ――伝えるべきことがある。

「佐伯」

「はい――」

呼ぶと、静かに佐伯が首を傾げる。

「何か」

「この屋敷は処分しない。――……新たな執事も雇わない」

そう言うと、佐伯はわずかに目を見開いた。そして、かすかに笑んで、かぶりを振る。

「もう……けっこうでございます。わたくしは半生をこのお屋敷に捧げて過ごして参りました。自ら望んだ人生でございましたし、悔いはございません。それでも――……」

瞳を細めて傾きかけた陽差しを避け、佐伯は屋敷のシルエットを、なにか憧れを秘めた視線で見上げた。

「もっと早く、ここを立ち去るべきだったのかもしれません。わたくしにとって、ここはある意味……椿に彩られたプリジオーネだったのだろうと思います」

「プリジオーネ――……」

顕嗣は、その言葉を知っていた。イタリア語で――……『牢獄』という意味だ。

母も――彼も。そして佐伯も、
おそらくは父も。

誰もが、この屋敷の――……虜囚だったのか。

刑事に促されて、佐伯が長身をかがめて車に乗り込む。

走り去る覆面車が完全に視界から消えるまで、顕嗣はそこに立ったまま動かなかった。


静かな気配が、背後で動いた。

「言っておくが」

ふり返らずに、顕嗣は口を開いた。

「俺を殺しても――おまえには遺産は一銭も入らないぞ、小夜」

びくりと小夜が体を震わせたのがわかった。

ゆっくりとふり向き、顕嗣はうすく笑って、小夜の手から彼女が握っていた包丁をとりあげ、雪に埋まった庭へと投げ捨てた。

「鞠は、ろくな教育を受けていなかった。おまえも法律の勉強はしたことがないんだろうな。覚えておくといい。——遺言状というものはな、いくら自筆の署名があったとしてもワープロで作られたものでは法的な効力を持たないんだよ」

小夜の蒼褪《あおざ》めた頬《ほお》を、顕嗣は静かに撫《な》でた。

「大丈夫だ。おまえを殺そうとする者は誰もいない。だが、おまえがどうしても俺を殺したいなら、俺も自分の身を守ることを考えなくてはならない。取っ組み合いになったら、絶対的におまえが不利だぞ」

「…………——」

白い、形のいい歯が、桜色の唇にくいこんだ。

「悪いな、小夜。俺は黙って殺されるわけにはいかないんだよ。——……今の俺には、ともに人生を歩みたい相手がいる。その人のためにも、俺は生きるつもりなんだ」

細かく体を震わせて立ち尽くす小夜の肩をかるく叩《たた》いて、顕嗣は屋敷へ向けて足を踏み出した。

「あれは、記念におまえにやるよ。大切にしまって、どこへでも立ち去れ。俺にはメイドは不要だ」

返答はなかった。

顕嗣も、応《こた》えを期待してはいなかったが。

佐伯が顕嗣の指示に応じて施錠し、鍵を顕嗣が預かった、鞠の部屋。佐伯が屋敷に別れを惜しむ間に、顕嗣はそこへ入り、数日前、鞠の求めに応じて署名した『遺言状』を探した。

だが――なぜかどこからも、それは見つからなかった。

となれば、答えは一つだけだ。第三者が持っている。

琴美、鞠と――同じ志を持って屋敷に仕えながら顕嗣を殺すチャンスをうかがっていた同盟者が次々と殺されて、次は必ず自分にその凶刃が降りかかってくると思いこみ、錯乱した三人めの暗殺者が。

あるいは小夜は、食堂――顕嗣のフィールドではなく使用人が通常出入りしてどこにでも凶器を隠しておくことのできる場所で、錯乱したふりを装って顕嗣をセックスに誘った時、すでに今の包丁をどこかに隠し持っていたのかもしれない。

鞠の策略を知っていた佐伯は、彼女たちを顕嗣の部屋に送り込む前には入念なボディチェックを行ったことだろう。彼女たちが妙な気を起こさぬよう、顕嗣の部屋の前まで付き添い、そして行為の間は万一にそなえて部屋のすぐ外に控えていたはずだ。

佐伯がいてくれなければ、顕嗣はもう幾度となく死んでいた。

小夜が握っていた包丁がすべてを物語っている。


屋敷に入ると、玄関先で三ノ宮玲が待っていた。

「おつかれさまでした」

「ああ」

「昨日頼まれた資料が揃《そろ》ったわ」

「ご苦労」

玲のさし出した封筒を受け取って、顕嗣は頷いた。

「それで——どうします？　私はまだ、仕事を続けたほうがいいかしら？」

「………そうだな」

こんな状況にいたってもまだビジネスライクな態度を崩さずにいられる玲の強さに、顕嗣はうすく笑った。

「そうしてもらおう。それと——できれば契約の更新をしたいが」

「更新？　条件は？」

「アメリカにある俺の会社の、社長秘書——つまり俺の正式な秘書として雇いたい」

くす、と玲は微笑んだ。

「検討させていただきますわ、ボス。でも――私は個人的な秘書として雇い主についている時でなくては、ある種のサービスは提供しませんわよ？」

いたずらっぽく瞳をきらめかせて笑った玲に、ようやくはっきりと、顕嗣も笑った。

「不要だ」

「なら――おそらく契約は更新されると思うわ」

にっこりと頷いて、玲はきびすを返し、二階――彼女の現在の仕事場である書斎へと向かっていった。

その場に残された顕嗣は、玲に今渡された封筒を開く。

さして長い文章ではなかった。簡潔に、要点が記されている。

ゆっくりと書面に目をとおし、さらにもう数度読み返して、顕嗣は深く息をついた。

昨日の夕方――貸金庫から戻った玲にあの写真を見せられ、確信は持ったものの、顕嗣には明確な証拠が必要だった。その調達を、彼は玲に任せたのだ。

三ノ宮玲は――顕嗣が初対面の時から感じたとおり、じつに有能な秘書であることを、その資料をもって証明した。

正直なところ、まさか彼女が昨日の今日で結果を持って姿をあらわすとは、顕嗣は思っていなかった。玲は、予想以上に有能な秘書だ。

そして玲はただ迅速《じんそく》なだけではなく、まさしく顕嗣が求めていたとおりの情報を、手に入れてきた。

書類をもとどおりたたんで封筒に戻し、上着のポケットに入れると、顕嗣は最後になすべきことをなすために、階段へと向かった。

エピローグ　新たなはじまり

ノックに応じて扉をあけた茜は、泣きはらした目をしていた。

「お別れ……なのね」

顕嗣の視線を避けるように目を伏せて、呟《つぶや》く。

「別れ？　どういう意味だ」

「このお屋敷、処分……するんでしょう？　こんなことになっちゃって……顕嗣さまだってもう、ここには住みたくないだろうし……。わたしも、新しい働き口、探さなくちゃ」

「そうだな」

ちいさく、顕嗣は頷《うなず》いた。

「屋敷は処分する。俺はアメリカに戻るからな。――……だが、茜。おまえは俺と一緒に来るんだ。いや……来てほしい」

「え……――？」

何を言われたのかがわからずに顔をあげた茜に、顕嗣はひとつ、頷きかけた。

「おまえを愛してる――茜。俺と一緒に来てほしい」

「……そん、な」

大きく目を見開いて、茜は絶句した。ややおいて、頭を横に振る。

「だめ……だめだよ、おにいちゃん――……。言ったでしょう？　わたしとおにいちゃんは」

「見てみろ」

顕嗣のさし出したものに茜は首を傾げ、しかし手をのばしてそれを受け取った。けげんそうに封筒から写真を取り出して、いっそうわけがわからないという顔になる。

「この、写真……？　おばさまと――……おにいちゃん？」

「そうだ。ただし、俺はおふくろの腕の中にいる赤ん坊のほうだが」

「……え？　どういう、こと？　だって、この人……」

「おまえの知ってる、ほかの男の面影はないか？」

さらにそう言われて、茜はあらためて写真に目を落とす。そして鋭く息を飲んだ。

「まさか………」

「その写真はな、親父《おやじ》が借りてた貸金庫に、二十年以上しまわれていたものだ。俺はその鍵《かぎ》を、お袋が大事そうに抱きしめて微笑《ほほえ》んでるのを見たことがある」

見開かれた瞳《ひとみ》が、まだ信じられないと言いたげに顕嗣を見つめる。

かすかに、顕嗣は微笑った。

「お袋にとって、何より大切な思い出……だったんだろうな」

「そんな――……。だって」

「なあ、茜。おまえのこと――……ほんとうに誰も真実を知らなかったと思うか。いくら叔母《おば》さんが隠そうとしてたとしても、誰にも気づかれずにすんだと思うか？」

話をずらした顕嗣に、茜はさらに困惑した表情になった。

「たぶん、無理だったと思う。隠しきれるものではないだろう。——だがおまえは、俺を『おにいちゃん』とずっと呼んでいた。そのことを咎《とが》められたことはあるか？」

「……ううん…………一度も」

「だろう？」

保とうとしていた笑みが歪《ゆが》んだのが自分でもわかった。

「もしおまえと俺とが本当に兄妹だったのなら、おまえが俺を『おにいちゃん』と呼ぶことは絶対に許されなかったはずだ。すくなくとも、蓮見の叔母は、許さなかっただろう。だがおまえは咎められはしなかった。なぜだか……わかるか」

茜の唇からかすれた呼吸の音がする。

理解したのだ、茜も。

ゆっくりと、顕嗣は頷いた。

「もう一つの秘密も——……公然の秘密だったということだ」

茜の唇は震えていた。いや、茜は全身を震わせていた。

「そんな……。……だって、そんなこと」

「おまえが西園寺弓三郎の娘であり得るなら——俺が西園寺弓三郎の息子ではないこともあり得ることだろう」

「……──」

もはや、茜は声もなかった。ただ、張り裂けそうに見開かれた瞳が、顕嗣を凝視している。

もう一つ、顕嗣は茜に頷きかけてやった。

「むしろ──俺が西園寺弓三郎の息子ではなかったから、おまえは西園寺弓三郎の娘なのかもしれないな。おまえは俺より年が下だ」

かるく、茜は唇に歯を食い込ませた。考え込む表情に、顕嗣はさらに言葉を継ぐ。

「叔母さんの日記には、どうあってもおまえが親父の子だということを隠さなくてはいけない、と書いてあっただろう。親父は、ああいう男だった。隠し子の一人や二人、いたところで誰も驚きはしなかっただろう。なのに叔母さんが隠さなくてはいけないと思ったのは、──親父の血を引いた子供が、ほんとうはおまえ一人だったからじゃないのか」

「………全部、推測だわ」

唇を震わせていた茜は、ようやくのことが口を開いた。

「もしかしたら、そうなのかもしれない。この写真を見れば……おにいちゃんはこの写真の人にそっくりだけど、でも、それだけじゃ証拠にはならないわ」

「そうかもしれん」

頷いて、顕嗣はもう一通の封筒を取り出した。

「だが――これはどうだ？」

再びさし出された封筒を茜は震える手で受け取り、開いて――そして再び絶句した。

「さすがに、親父はもう骨になっていたからな。俺が親父の息子じゃないという科学的な鑑定をするには時間は足りなかった。だが、俺と別の男が、科学的にほぼ確実に親子だとわかれば、おのずと俺が親父の息子ではない可能性も肯定される」

屋敷の掃除は基本的には行き届いていたが、琴美が死んで以来、手が足りなくなったこともあって完璧《かんぺき》とは言えなかった。廊下のすみで顕嗣が見つけた一本の銀色の頭髪と、顕嗣自身の髪を、彼は玲に渡して鑑定を頼んだのだ。

「わかっただろう、茜。俺とおまえとは、それぞれちがう男の子供――……俺たちは兄妹ではないんだ」

うつむいてしまった茜の背に顕嗣は腕を回した。

「おまえには、負い目や禁忌を感じなくてはいけないようなことは何もないんだ」

腕にやんわりと力をこめて、茜を抱き寄せる。

まだどこか怯《おび》えた瞳が、すがるように顕嗣を見上げた。

「ほんと、に……？」

「ああ――ほんとうだ。だから、茜。俺と一緒にきてくれ。使用人としてではなく」

「……おにい、ちゃん――……！」

茜の瞳に、新たな涙が浮かんだ。

「ほんとに……ほんとにいいの？　わたしで――……」

「おまえがいい。……――愛してる、茜」

「おにいちゃん……！」

しがみついてきた茜を、顕嗣は力の限り、抱きしめた。


重ねた唇の間から、茜はかすかな声をもらす。いっそう深く舌をさし入れて茜の舌をからめとり、愛撫《あいぶ》すると、茜の体に断続的な震えがはしった。

「ん、……っ――……」

うっとりとした吐息をついて、ベッドに横たえられた茜は体の力を抜いて、顕嗣が服を開いていくままに任せていた。

「は、っ……――ああ――……」

小ぶりの乳房が、空気にさらされる。手のひらで包み、桜色の突起を指の腹でかるくこすると、ぶるっ、と茜は震えて、声をもらさないようにか、唇を噛《か》んだ。

こみあげる快楽をこらえる表情に――……ふと、昏《くら》いものが顕嗣の胸を満たす。

「……………茜」

「え……？　…………なあに——」

その声にひそんだ苦渋の響きに気づいたのか、茜はいくらか不安げな表情になって首を傾げた。

「どうしたの？」

「——……」

今度は、顕嗣が唇を噛んだ。

そうだ——茜は、この屋敷でメイドをつとめていたのだ。ほかの娘たちと同じように。

つまりは——あの「奉仕」を、茜も。

唇を重ね、かるく胸に触れただけで、すでに茜は感じはじめている。

小夜に秘部をいたぶられていた時にも。茜ははっきりと、快楽を感じていた。

「おにいちゃん……？」

不安げな声に、顕嗣は強く目をつぶった。

事実は——事実として受け入れなくてはならない。どうせならはっきりと、茜の口から聞いて、そしてその過去ごと、茜を抱くべきだ。

「茜……」

「……は、はい……？」

「その、おまえは——……。親父にも、こう、されて……」

「あ」

ぴく、と茜は身を硬くした。顕嗣の視線を避けて、目をそらす。

ほのかな朱の色が、茜の頬《ほお》を染めた。

「……して、ないの」

「え」

「旦那《だんな》さまは……伯父《おじ》さまは——……その、確かに、お部屋には呼ばれて、伯父さまのをさわったり、は……したけど。伯父さまからも……指とか、唇とか、……そういうことは、されたけれど。でも伯父さまは、最後までは——……」

「おまえを抱かなかったのか」

「……うん……」

こくん、と、顔を真っ赤にして、茜は頷いた。

「だからわたし………まだ」

羞恥《しゅうち》に耐えかねて口をつぐんでしまった茜を、顕嗣は抱きしめた。

「わかった。もういい。すまなかった、恥ずかしいことを言わせて」

顕嗣の胸に顔をうずめて、茜はちいさく、頭を振った。

おそらく、弓三郎も知っていたのだろう。茜が自分の、血を分けた娘だと。茜に触れることはあっても最後の一線は決して越えてはならないと自分を戒めていたのだ。

「もう忘れろ。おまえは——俺のものになるんだ」

「……ぁ——……」

再び、茜の唇を奪う。茜の唇を割って舌をすべりこませ、茜の舌を求めると、すがるように茜が求め返してくる。

唇を合わせたまま、茜の胸元へ手をのばす。小ぶりの乳房を手のひらにおさめ、柔らかく揉《も》みしだくと、茜は息を飲んで顕嗣にしがみついてきた。

「っ、……——」

声をもらすまいと唇を噛んで、顕嗣の肩口に顔をうずめる。片手で髪を撫《な》でてやり、硬くとがったちいさな乳首を手のひらで撫でるようにもう一方の手を動かす。

「ぁ——……」

「我慢しなくていい」

茜の耳元に、顕嗣はひくく声を注ぎ込んだ。

「感じてるなら、声を出していい」

「で、でも……——ぁ、っ……」

茜のその性感を開発したのが誰なのかを思い出すと、声を出すことにためらいがあるのだろう。茜はいっそう身を硬くしてかぶりを振る。

「茜」

名前を呼び、かりっと茜の耳たぶをかじる。同時にちいさな乳首を指の間にとらえた。

「ふぁ……っ！」

大きく、茜の背が震える。顕嗣の肩にかけた手に力がこもった。

「気にするな。おまえは俺に触れられて感じてるんだ。恥じることじゃない」

指の間で茜の乳首を優しく転がしてやりながら囁《ささや》くと、茜は嗚咽《おえつ》のような吐息をこぼして、いっそう強く顕嗣にしがみついた。

「おにい、ちゃん――……あ、だめ、わたし…………」

「感じるか」

「ぁふっ……――あっ……、だ、だめ……感じ、ちゃう――……」

「感じろ。感じていい」

「ぁあ……っ！」

体の位置をずらして茜の乳首を唇に含むと、茜はこらえきれなくなったように細い声をあげて、背をのけぞらせた。

「それでいい。俺を感じろ、茜――」

「はふっ、ぁ――……おにいちゃん、だめ、そんなに……そんなにしない、で――」

舌先で尖《とが》った乳首をつつき、転がし、押しつぶすようにする。そのたびに茜は体をひくつかせ、身をよじって甘い声をもらした。

「おにいちゃん……おにいちゃん——……あっ、あぁん——……っ」

こらえようとしながら、それでも抑えきれずにこぼれるちいさな声が、甘く顕嗣の背筋を震わせる。

「あ——……あ、おにいちゃん？」

丹念に茜の乳房をしゃぶり、さらに下へと頭を動かしていくと、はっとしたように茜が声をあげた。押しとどめようとする茜の手を外させて、閉ざそうとするよりも早く、茜の膝《ひざ》を押し広げる。

「いや……！」

泣き出しそうな悲鳴をもらして、茜は両手で顔を覆ってしまった。

顕嗣の視線にさらされたその場所はあわいピンク色をして、そしてわき出る透明な蜜《みつ》にしっとりと濡れて輝いていた。

「だめ、おにいちゃん——。見ない、で……。恥ずかしい、よ——……」

「きれいだ」

「ふあぁ……っ！」

そこへ唇を寄せると、茜はひときわ高い声をあげて、がくんと体をのけぞらせた。

あまり粘度の高くない、さらりとした蜜を舌先ですくいとる。ごくほのかな酸味が口に広がって、思わず唇をつけて吸い上げた。

「ひぁっ！　あっ、だ、だめっ、ああっ！」

がくがくと茜の全身が震える。押し広げた茜の太股《ふともも》をさすってやりながら、顕嗣は音をたて、喉《のど》を鳴らして茜の愛液をむさぼる。

「お、おにい、ちゃ……い、いや、わたし——……ヘンになっちゃや、う——……くっ」

拳《こぶし》を噛んで声をこらえたのか、茜の声がくぐもった。速く浅い喘《あえ》ぎをもらしながら、しかし茜の腰は自然と浮き上がっていっそうの愛撫をねだっていた。

「あっあっ、あ——……だ、だめ……」

呼吸を弾《はず》ませて、茜はうわごとのように声をこぼす。かたく充血し、包皮から先端をのぞかせていた肉芽を舌先で優しく剥《む》き、柔らかく吸い上げると茜は長い声を迸《ほとばし》らせた。

「おにい、ちゃ……おにいちゃん、おにいちゃん………ね、おねがい……そんなにされたら、わたし……だめ……——。お願い、わたしばっかりじゃ、いや——……おにいちゃん、も……」

切れ切れの声が哀願する。顕嗣が顔をあげると、頬を上気させ、潤んだ瞳が顕嗣に訴えかけてきた。

「おにいちゃん——……お願い」

視線が合うと、ためらいながら、茜は顕嗣に向けて手をのばした。頷いて、顕嗣は身を起こす。

「いいんだな」

確かめると、茜はこくりと頭を頷かせた。頷き返して、顕嗣は茜にあらためて脚を開かせて、すでに屹立《きつりつ》して息づいていたものに手を添えて茜のそこにあてがった。

「ぁ――……」

ぴくん、と茜が体を硬くする。

「力を抜いていろ」

「……うん」

ほとんど聞こえないくらいの声で頷き、茜はじっと顕嗣を見上げた。

視線を合わせたまま、先端で茜の秘所をさぐる。すでにしとどに潤ったクレヴァスの奥――ひくつくくぼみにゆっくりと、己《おの》れのそれを押し入れていった。

「あ――……く、っ……」

苦しげに眉《まゆ》を寄せて、茜はちいさな呻《うめ》き声をもらす。緊張のためかこわばったそこを小刻みな抽挿《ちゅうそう》で押し広げながら、徐々に深く、顕嗣は己れの分身を埋めていく。

だが、半ばほどで顕嗣は強固な抵抗に行く手を阻《はば》まれた。弾力のある壁がそれ以上奥へと続く道をふさいでいる。

「茜――……」

顕嗣の声に茜は唇を結び、顕嗣を見つめて、はっきりと一度、頷いた。頷いて顕嗣は茜の腰を支え、ひと息に腰を突き出す。

「うぐ、っ……——ぁ、——……っっ！」

ぶつり、と何かが裂けたような感触。茜が大きく目を見開いて息を呑《の》む。

二人の腰が密着した。

「茜……」

「……うん——……」

こくん、と茜は頷いた。瞳に涙が浮かぶ。

「わかる……おにいちゃんが、わたしの中に、いる——……嬉《うれ》しい——……」

ほっそりとした茜の体を、顕嗣は抱きしめた。

「動くぞ」

「うん……動いて——……」

茜が頷いて、顕嗣は処女を失ったばかりの茜に負担をかけないように、ゆっくりと腰を使いはじめた。

「ぁ、ふ……——」

痛むのか、茜はちいさな呻き声をもらす。

「大丈夫か」

「へい、き……大丈夫だから。動いて……おにいちゃんに、気持ちよくなってもらいたいの……わたし大丈夫」

いじらしい言葉に顕嗣はいっそう強く茜を抱きしめる。

まだ受け入れることに慣れていない茜の肉は狭く、きしんで顕嗣にからみつき、そして締めつける。しかしゆるやかに動くうち、徐々にこわばりはほぐれ、柔軟になって、顕嗣の動きに合わせるように収縮しはじめた。

「あ——……」

それまで苦痛の声をあげないようにこらえていた茜が、ぴくん、と震えて、そして怯えたように目を見開いた。茜の唇を柔らかく吸って、顕嗣はその瞳をのぞきこんだ。

「感じてきたか」

「……あ、や——……やだ、なんか、変な…………んくっ……」

自分の変化が信じられないのか、茜は声をあげて、そして狼狽《ろうばい》したように頭を振った。

「だ、だって、わたし……はじめて、なのに——……」

「そういうこともある」

処女を破られてこそいなかったが、毎夜のように茜は性的な調教を受けてきたのだ。処女膜を喪失した痛みや苦痛よりも快楽に敏感になっていてもおかしくはない。

「あ——……や、やだ……」

腰をグラインドさせると、また茜は体を震わせて、そして羞恥に頬を赤くした。

「気持ちがいいんだろう？　だったら感じればいい」

「だ、って……あ——……」

顗嗣を包み込んだ場所がひくつく。腰を揺らすと茜がまた震えて、どうやらそこが感じるらしいと見てとった顗嗣はそこを重点的に刺激するように腰の動きをかえた。

大きく、茜が息を吸い込んで、硬直する。

「おに、いちゃ………や、わた、し——……あっ！」

顗嗣は微笑んで、リズミカルに腰を使いはじめた。

「——……は、っ……あ、んんっ……！」

ひとたび自覚した性感は徐々に羞恥心を凌駕《りょうが》していく。茜は唇を噛み、懸命にこらえていたが、弾む呼吸が断続的な声を茜の唇から押し出していた。

「気持ちいいか？　茜」

「あ——……ん、くっ……あ、ああ——……おにいちゃん………」

大きく喘ぎながら、茜は、ためらいがちにではあったが、自分からも顗嗣の動きに合わせて腰をうねらせはじめた。

「気持ち、いい……——おにいちゃん、わたし…………気持ちいいよ……」

「そうか——。俺もだ、茜」

「あ……っ、そ、そこ——……」

はっ、はぁっ、と茜は呼吸を弾ませる。二人の動きに合わせて、ベッドのスプリングが軋《きし》んだ。

「茜――……」

「あっ、いい――……おにいちゃん、いい、よ……気持ち、い……――ああっ……」

顕嗣の呼吸も、荒くなっていた。砲身を包み込んだ茜の肉襞が熱を帯び、やわやわとからみついてきて顕嗣を駆り立てる。

「ふぁ、っ――おにい、ちゃ……――あ、ああっ」

こみあげてくる感覚にじれるのか、茜は身をよじり、いっそう深く顕嗣を迎え入れようと腰を突き上げる。

「おにいちゃん、おにいちゃん――……気持ちいいの、わたし……わたし、たまん、ない……いい、よぉ……――」

ひく、ひくっ、と茜のそこが断続的に痙攣《けいれん》して、茜が息を呑んだ。

「い、いや――……あ――……おにいちゃん、わたし――……」

「いきそうか」

「……ヘン、なの――……あ、だめ――……ヘンに、なっちゃう――……ふあぁっ！」

深くえぐると、茜は長い声を放った。

「あ、だめ――も、もう……わたしもう、だめ…………おにいちゃん――あっ、どうしよう、わたし、……——あぁっ！」

「茜——……っ！」

こみあげてくる衝動のまま、顕嗣も呻いて腰の動きを速めた。強く、背に茜の指先がくいこんでくる。

「や、ぁ——……だ、だめ、もう——……もうだめ、わたし…………あああぁっっ！」

「…………く、っ——！」

ひきつれたような悲鳴を迸らせて茜が大きく全身を痙攣させ、顕嗣もこらえきれず、短く呻いて、せきとめていた激情を一気に茜の体の奥へと注ぎ込んだ。

「あ、あ——……っ……」

顕嗣の迸らせたものを体の奥に受けて、茜はぎゅっと顕嗣にしがみつき、そして静かにすすり泣きはじめた。


荒かった呼吸がようやくのことでおさまり、顕嗣は腕の中の少女をあらためて抱きしめる。まだすこし涙を残す瞳を茜があげて、視線が合って二人はどちらからともなく微笑みを交わした。

「大丈夫か」

「ん……」

気遣う声に、茜はすこし恥ずかしそうにこくりと頷いた。

「ごめんね……泣いたりして」

顕嗣の肩に頭を預けて、茜は呟いた。

「嬉しかったの――……おにいちゃんが、気持ちよくなったのがわかって……」

「かまわないさ。俺も嬉しかった」

茜の髪を撫でて、顕嗣は少女の額にちいさな口づけを贈った。

「まだ、聞いてない」

「え――？」

目をあげた茜がきょとんと首を傾げた。

「何を……？」

「おまえの返事だ」

もう一つ、今度は目尻に、キスを贈る。

「一緒に、来てくれるな」

茜の瞳をのぞきこんだ顕嗣に、茜はほんのりと頬を染めた。

「…………うん……」

こくりと、顕嗣の腕の中で、茜は頷いた。

「行きます……。あなたと一緒に」

そう言って茜は視線をあげ、微笑んだ。

「連れていって……」

はっきりとそう囁いた唇を顕嗣は自分の唇で覆い、深く、口づけた。

あとがき

いつもありがとうございます。前薗です。

『椿色のプリジオーネ』、いかがでしたでしょうか。オリジナルのイラストも何枚か描いていただけたりして、前薗としては非常にはっぴーです。

このゲーム、じつは進め方によって犠牲になっちゃうキャラがちがったり犯人が変わったりするんですよね。今回はこのルートを小説にさせていただきましたが、ほかのルートも、それぞれ非常に泣けます。まだプレイされてないかたはプレイしてみてくださいな。

CGもきれいでお気に入りでーす。


もうすぐ梅雨なんだそうですねー（←伝聞でゆう女(苦笑)）。どおりで最近なんか妙に暑いと思った。でもまだ前薗の部屋にはこたつが出てたりします。いい加減片づけないといけないんですが、こたつにつみあがってるものをどうしたものやら。きゅう。

2001年5月　前薗はるか　拝

椿色のプリジオーネ

2001年7月10日 初版第1刷発行

著　者　前薗 はるか
原　作　ミンク
イラスト　Hide18

発行人　久保田 裕
発行所　株式会社パラダイム
〒166-0011東京都杉並区梅里2-40-19
ワールドビル202
TEL03-5306-6921 FAX03-5306-6923

装　丁　林 雅之
印　刷　株式会社シナノ

乱丁・落丁はお取り替えいたします。
定価はカバーに表示してあります。

既刊ラインナップ

定価 各860円+税

1 悪夢～青い果実の散花～ 原作:スタジオメビウス
2 脅迫 原作:アイル
3 痕～きずあと～ 原作:リーフ
4 慾～むさぼり～ 原作:May-Be SOFT TRUSE
5 黒の断章 原作:Abogado Powers
6 淫従の堕天使 原作:DISCOVERY
7 Esの方程式 原作:Abogado Powers
8 歪み 原作:May-Be SOFT TRUSE
9 悪夢 第二章 原作:スタジオメビウス
10 瑠璃色の雪 原作:アイル
11 官能教習 原作:テトラテック
12 復讐 原作:クラウド
13 淫Days 原作:ルナーソフト
14 お兄ちゃんへ 原作:ギルティ
15 緊縛の館 原作:XYZ
16 密猟区 原作:ZERO
17 淫内感染 原作:ジックス
18 月光獣 原作:ブルーゲイル
19 告白 原作:ギルティ
20 Xchange 原作:クラウド
21 虜2 原作:ディーオー

22 飼 原作:13cm
23 迷子の気持ち 原作:フォスター
24 ナチュラル～身も心も～ 原作:フェアリーテール
25 放課後はフィアンセ 原作:スィートバジル
26 骸～メスを狙う顎～ 原作:SAGA PLANETS
27 朧月都市 原作:GODDESSレーベル
28 Shift! 原作:Trush
29 いまじねぃしょんLOVE 原作:U・Me SOFT
30 ナチュラル～アナザーストーリー～ 原作:フェアリーテール
31 キミにSteady 原作:ディーオー
32 ディヴァイデッド 原作:シーズウェア
33 紅い瞳のセラフ 原作:Bishop
34 MIND 原作:まんぼうSOFT
35 錬金術の娘 原作:BLACK PACKAGE
36 凌辱～好きですか?～ 原作:アイル
37 My dearアレながおじさん 原作:ブルーゲイル
38 狂*師～ねらわれた制服～ 原作:クラウド
39 UP! 原作:メイビーソフト
40 魔薬 原作:FLADY
41 臨界点 原作:スィートバジル
42 絶望～青い果実の散花～ 原作:スタジオメビウス

43 美しき獲物たちの学園 明日菜編 原作:ミンク
44 淫内感染～真夜中のナースコール～ 原作:ジックス
45 My Girl 原作:Jam
46 面会謝絶 原作:シリウス
47 偽善 原作:ダブルクロス
48 美しき獲物たちの学園 由利香編 原作:ミンク
49 せ・ん・せ・い 原作:ディーオー
50 sonnet～心かさねて～ 原作:ブルーゲイル
51 リトルMyメイド 原作:スィートバジル
52 flowers～ココロノハナ～ 原作:CRAFTWORKside・b
53 サナトリウム 原作:ジックス
54 はるあきふゆにないじかん 原作:トラヴュランス
55 プレシャスLOVE 原作:BLACK PACKAGE
56 ときめきCheck in! 原作:クラウド
57 散櫻～禁断の血族～ 原作:シーズウェア
58 Kanon～雪の少女～ 原作:Key
59 セデュース～誘惑～ 原作:アクトレス
60 RISE 原作:RISE
61 虚像庭園～少女の散る場所～ 原作:BLACK PACKAGE TRY
62 終末の過ごし方 原作:Abogado Powers
63 略奪～緊縛の館 完結編～ 原作:XYZ

パラダイム出版ホームページ　http://www.parabook.co.jp

64 Touche～恋のおくすり～　原作:ミンク
65 淫内感染2　原作:ジックス
66 加奈～いもうと～　原作:ディーオー
67 PILE・DRIVER　原作:ブルーゲイル
68 Lipstick Adv.EX　原作:フェアリーテール
69 Fresh!　原作:BELL-DA
70 脅迫～終わらない明日～　原作:アイル【チーム・Riva】
71 うつせみ　原作:BLACK PACKAGE
72 Xchange2　原作:クラウド
73 M.E.M.～汚された純潔～　原作:アイル【チーム・ラヴリス】
74 Fu・shi・da・ra　原作:ミンク
75 絶望～第二章～　原作:スタジオメビウス
76 Kanon～笑顔の向こう側に～　原作:Key
77 ツグナヒ　原作:ブルーゲイル
78 ねがい　原作:RAM
79 アルバムの中の微笑み　原作:curecube
80 ハーレムレーサー　原作:Jam
81 絶望～第三章～　原作:スタジオメビウス
82 淫内感染2～鳴り止まぬナースコール～　原作:ジックス
83 螺旋回廊　原作:ruf
84 Kanon～少女の檻～　原作:Key

85 夜勤病棟　原作:ミンク
86 使用済～CONDOM～　原作:ギルティ
87 真・瑠璃色の雪～ふりむけば隣に～　原作:アイル【チーム・Riva】
88 Treating 2U　原作:ブルーゲイル
89 尽くしてあげちゃう　原作:トラヴュランス
90 Kanon～the fox and the grapes～　原作:Key
91 もう好きにしてください　原作:システムロゼ
92 同心～三姉妹のエチュード～　原作:クラウド
93 あめいろの季節　原作:ジックス
94 Kanon～日溜まりの街～　原作:Key
95 贖罪の教室　原作:ruf
96 ナチュラル2 DUO 兄さまのそばに　原作:フェアリーテール
97 帝都のユリ　原作:スィートバジル
98 Aries　原作:サーカス
99 LoveMate～恋のリハーサル～　原作:ミンク
100 恋ごころ　原作:RAM
101 プリンセスメモリー　原作:カクテル・ソフト
102 ぺろぺろCandy2 Lovely Angels　原作:ミンク
103 夜勤病棟～堕天使たちの集中治療～　原作:ミンク
104 尽くしてあげちゃう2　原作:トラヴュランス
105 悪戯III　原作:インターハート

106 使用中～W.C.～　原作:ギルティ
108 ナチュラル2 DUO お兄ちゃんとの絆　原作:フェアリーテール
109 特別授業　原作:BISHOP
110 Bible Black　原作:アクティブ
111 星空ぷらねっと　原作:ディーオー
112 銀色　原作:ねこねこソフト
113 奴隷市場　原作:ruf
114 淫内感染～午前3時の手術室～　原作:ジックス
115 懲らしめ 狂育的指導　原作:ブルーゲイル
116 傀儡の教室　原作:ruf
119 姉妹妻　原作:13cm
120 ナチュラルZero+　原作:フェアリーテール
121 看護しちゃうぞ　原作:トラヴュランス
123 椿色のプリジオーネ　原作:ミンク

好評発売中！

〈パラダイムノベルス新刊予定〉

☆話題の作品がぞくぞく登場！

117.Infantaria《インファンタリア》

サーカス　原作
村上早紀　著

　イヴェール国のソフィア姫は、ゆくゆくは一国を担う立場。だが世間知らずなことを心配した姫は、王様に相談し、街に修行に出ることになった。身分を隠して、幼稚園に保母として赴任することになるが…。

118.夜勤病棟
～特別盤 裏カルテ閲覧～

ミンク　原作
高橋恒星　著

　聖ユリアンナ病院で看護婦たちに女体実験を繰り返す比良坂竜二。快楽の虜となった恋たちは、今夜も竜二の元に集うのだった。大ヒット作品「夜勤病棟」シリーズの最新作が登場！

122.みずいろ

ねこねこソフト　原作
高橋恒星　著

ごく普通の学園生活を送る主人公。そんな主人公をとりまくのは、幼なじみや学校の先輩、そしてかわいい妹たちだ。女の子たちとの楽しい生活は、自然と恋愛感情に発展してゆく。ごく普通の、淡い恋物語。

130.恋愛CHU！
～彼女の秘密はオトコノコ？～

SAGA PLANETS　原作
TAMAMI　著

慎吾がメールで知り合ったのは、NANAという女の子。NANAこと七瀬は慎吾に会いたいあまり、男女交際が禁止されている全寮制の学校へ、双子の弟になりすまして転校してきた！

パラダイム・ホームページのお知らせ

http://www.parabook.co.jp

■新刊情報■
■既刊リスト■
■通信販売■

パラダイムノベルス
の最新情報を掲載
しています。
ぜひ一度遊びに来て
ください！

既刊コーナーでは
今までに発売された、
100冊以上のシリーズ
全作品を紹介しています。

通信販売では
全国どこにでも送料無料で
お届けいたします。

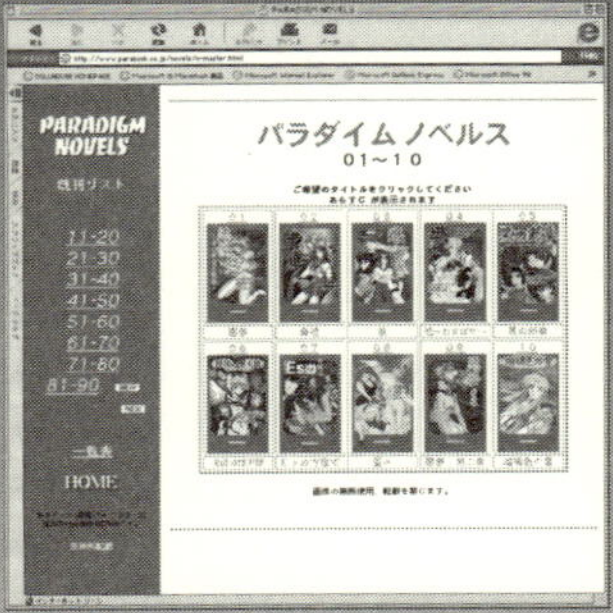

お問い合わせアドレス：info@parabook.co.jp